名家散文珍藏

沈从文 散文

沈从文 著

浙江文艺出版社

扫一扫,走近名家

目录

湘行散记

003
一个戴水獭皮帽子的朋友

014
桃源与沅州

024
鸭窠围的夜

034
一九三四年一月十八

044
一个多情水手与一个多情妇人

058
辰河小船上的水手

070
箱子岩

079
五个军官与一个煤矿工人

087
老伴

097
虎雏再遇记

107
一个爱惜鼻子的朋友

120
滕回生堂的今昔

生命印象

131
我读一本小书同时又读一本大书

147
辛亥革命的一课

156
西山的月

161
废邮存底

177
三年前的十一月二十二日

186
昆明冬景

193
北平的印象和感想

202
五月卅下十点北平宿舍

205
湘西苗族的艺术

从文家书

215
小船上的信

219
水手们

224
夜泊鸭窠围

229
歪了一下

232
历史是一条河

235
泸溪黄昏

238
北平

242
苏州

247
阜外医院

湘行散记

半夜后天空有流星曳了长长的光明下坠。滩声长流,如对历史有所陈诉埋怨。

一个戴水獭皮帽子的朋友

我由武陵(常德)过桃源时,坐在一辆新式黄色公共汽车上。车从很平坦的沿河大堤公路上奔驶而去,我身边还坐定了一个懂人情、有趣味的老朋友,这老友正特意从武陵县伴我过桃源县。他也可以说是一个"渔人",因为他的头上,戴的是一顶价值四十八元的水獭①皮帽子,这顶帽子经过沿路地方时,却很能引起一些年轻娘儿们注意的。这老友是武陵地域中心春申君②墓旁杰云旅馆的主人。常德、河

---

① 水獭:鼬科,半水栖兽类,毛稠而皮质轻柔,珍贵。
② 春申君:即黄歇,战国时楚贵族。

伏、周溪、桃源，沿河近百里路以内"吃四方饭"的标致娘儿们，他无一不特别熟悉；许多娘儿们也就特别熟悉他那顶水獭皮帽子。但照他自己说，使他迷路的那点年龄业已过去了，如今一切已满不在乎，白脸长眉毛的女孩子再不使他心跳，水獭皮帽子，也并不需要娘儿们眼睛放光了。他今年还只三十五岁。十年前，在这一带地方凡有他撒野机会时，他从不放过那点机会。现在既已规规矩矩作了一个大旅馆的大老板，童心业已失去，就再也不胡闹了。当他二十五岁左右时，大约就有过一百个女人净白的胸膛被他亲近过，我坐在这样一个朋友的身边，想起国内无数中学生，在国文班上很认真地读陶靖节①《桃花源记》情形，真觉得十分好笑。同这样一个朋友坐了汽车到桃源去，似乎太幽默了。

朋友还是个爱玩字画也爱说野话的人。从汽车眺望平堤远处，薄雾里错落有致的平田、房子、树木，全如敷了一层蓝灰，一切极爽心悦目。汽车在大堤上跑去，又极平稳舒服。朋友口中糅合了雅兴与俗趣，带点儿惊讶嚷道：

"这野杂种的景致，简直是画！"

"自然是画！可是是谁的画？"我说。"牯子②大哥，你以为是谁的画？"我意思正想考问一下，看看我那朋友对于

---

① 陶靖节：即陶渊明，字元亮，又名潜，私谥"靖节"，世称靖节先生，东晋诗人。

② 牯子：即公牛。

中国画一方面的知识。

他笑了,"沈石田①这狗养的,强盗一样好大胆的手笔!"说时还用手比划着,"这里一笔,那边一扫,再来磨磨蹭蹭,十来下,成了。"

我自然不能同意这种赞美,因为朋友家中正收藏了一个沈周手卷,姓名真,画笔并不佳,出处是极可怀疑的。说句老实话,当前从窗口入目的一切,潇洒秀丽中带点雄浑苍莽气概,还得另外找寻一句恰当的比拟,方能相称啊。我在沉默中的意见,似乎被他看明白了,他就说:

"看,牯子老弟你看,这点山头,这点树,那一片林梢,那一抹轻雾,真只有王麓台②那野狗干的画得出。因为他自己活到八九十岁,就真像只老狗。"

这一下可被他"猜"中了。我说:

"这一下可被你说中了。我正以为目前远远近近风物极和王麓台卷子相近;你有他的扇面,一定看得出。因为它很巧妙地混合了秀气与沉郁,又典雅,又恬静,又不做作。不过有时笔不免肮脏的。"

"好,有的是你这文章魁首形容!人老了,不大肯洗脸洗手,怎么不脏……"接着他就使用了一大串野蛮字眼儿,

---

① 沈石田:即沈周,明代画家,擅画山水,"明四家"之一。
② 王麓台:即王原祁,清初画家,擅画山水,"清六家"之一。

把我喊作小公牛,且把他自己水獭皮帽子向上翻起的封耳,拉下来遮盖了那两只冻得通红的耳朵,于是大笑起来了。仿佛第一次所说的话,本不过是为了引起我对于窗外景致注意而说,如今见我业已注意,充满兴趣地看车窗外离奇的景色,他便很快乐地笑了。

他掣着我的肩膊很猛烈地摇了两下,我明白那是他极高兴的表示。我说:

"牯子大哥,你怎么不学画呢?你一动手,就会弄得很高明的!"

"我讲,牯子老弟,别丢我罢。我也像是一个仇十洲①,但是只会画妇人的肚皮,真像你说,'弄得很高明'的!你难道不知道我是个什么人吗?鼻子一抹灰,能冒充绣衣哥吗?"

"你是个妙人。绝顶的妙人。"

"绣衣哥,得了,什么庙人,寺人,谁来割我的××?我还预备割掉许多男人的××,省得他们装模作样,在妇人面前露脸!我讨厌他们那种样子!"

"你不讨厌的。"

"牯子老弟,有的是你这绣衣哥说的。不看你面上,我一定要……"

---

① 仇十洲:即仇英,明画家,擅人物,尤长仕女,"明四家"之一。

这个朋友言语行为皆粗中有细，且带点儿妩媚，可算得是个妙人！

这个人脸上不疤不麻，身个儿比平常人略长一点，肩膊宽宽的，且有两只体面干净的大手，初初一看，可以知道他是个军队中吃粮子上饭跑四方人物①，但也可以说他是一个准绅士。从五岁起就欢喜同人打架，为一点儿小事，不管对面的一个大过他多少，也一面辱骂一面挥拳打去。不是打得人鼻青脸肿，就是被人打得满脸血污。但人长大到二十岁后，虽在男子面前还常常挥拳比武，在女人面前，却变得异常温柔起来，样子显得很懂事怕事。到了三十岁，处世便更谦和了，生平书读得虽不多，却善于用书，在一种近于奇迹的情形中，这人无师自通，写信办公事时，笔下都很可观。为人性情又随和又不马虎，一切看人来，在他认为是好朋友的，掏出心子不算回事；可是遇着另外一种老想占他一点儿便宜的人呢，就完全不同了。——也就因此，在一般人中他的毁誉是平分的：有人称他为豪杰，也有人叫他做坏蛋。但不妨事，把两种性格两个人格拼合拢来，这人才真是一个活鲜鲜的人！

十三年前我同他在一只装军服的船上，向沅水上游开

---

① 即行伍出身的人物。

去，船当天从常德开头，泊到周溪时，天气已快要夜了。那时空中正落着雪子，天气很冷，船顶船舷都结了冰。他为的是惦念到岸上一个长眉毛白脸庞小女人，便穿了崭新绛色缎子的猞猁皮马褂，从那为冰雪冻结了的大小木筏上慢慢地爬过去，一不小心便落了水。一面大声嚷"牯子老弟，这下我可完了"，一面还是笑着挣扎。待到努力从水中挣扎上船时，全身早已为冰冷的水弄湿了。但他换了一件新棉军服外套后，却依然很高兴地从木筏上爬拢岸边，到他心中惦念那个女人身边睡觉去了。三年前，我因送一个朋友的孤雏转回湘西时，就在他的旅馆中，看了他的藏画一整天。他告我，有幅文徵明①的山水，好得很，终于被一个小婊子婆娘攫走，十分可惜。到后一问，才知道原来他把那画卖了三百块钱，为一个小娼妇点蜡烛挂了一次衣。现在我又让那个接客的把行李搬到这旅馆中来了。

见面时我喊他：

"牯子大哥，我又来了，不认识我了吧。"

他正站在旅馆天井中分派佣人抹玻璃，自己却用手抹着那顶绒头极厚的水獭皮帽子，一见到我就赶过来用两只手同我握手，握得我手指酸痛，大声说道："咳，咳，你这个小骚牯子又来了，什么风吹来的？妙极了，使人正想死你！"

---

① 文徵明：明书画家，擅画山水，"明四家"之一。

"什么话,近来心里闲得想到北京城老朋友头上来了吗?"

"什么画,壁上挂,——当天赌咒,天知道,我正如何念你!"

这自然是一句真话,粮子上出身的人物,对好朋友说谎,原看成为一种罪恶。他想念我,只因为他新近花了四十块钱,买得一本倪元璐①所摹写的武侯②前后《出师表》。他既不知道这东西是从岳飞石刻《出师表》临来的,末尾那两颗巴掌大的朱红印记,把他更弄糊涂了。照外行人说来,字既然写得极其"飞舞",四百也不觉得太贵,他可不明白那个东西应有的价值,又不明出处。花了那一笔钱,从一个川军退伍军官处把它弄到手,因此想着我来了。于是我们一面说点十年前的有趣野话,一面就到他的房中欣赏宝物去了。

这朋友年轻时,是个绿营③中正标守兵名分的巡防军,派过中营衙门办事,在花园中栽花养金鱼。后来改作了军营里的庶务,又作过两次军需,又作过一次参谋。时间使一些英雄美人成尘成土,把一些傻瓜坏蛋变得又富又阔;同样的,到这样一个地方,我这个朋友,在一堆倏然而来悠然而

---

① 倪元璐:明末浙江人,官至户部尚书兼翰林学士,能诗文、书画。

② 武侯:即诸葛亮,三国蜀汉政治家、军事家,死后刘禅追封其为忠武侯,后世常以武侯尊称诸葛亮。

③ 绿营:清代兵制,汉兵用绿旗,称绿营兵或绿旗兵。

逝的日子中，也就做了武陵县一家最清洁安静的旅馆主人，且同时成为爱好古玩字画的"风雅"人了。他既收买了数量可观的字画，还有好些铜器与瓷器，收藏的物件泥沙杂下，并不如何稀罕，但在那么一个小小地方，在他那种经济情形下，能力却可以说尽够人敬服了。若有什么风雅人由北方或由福建广东，想过桃源去看看，从武陵过身时，能泰然坦然把行李搬进他那个旅馆去，到了那个地方，看看过厅上的芦雁屏条，同长案上一发陈设，便会明白宾主之间实有同好，这一来，凡事皆好说了。

还有那向湘西上行过川黔考察方言歌谣的先生们，到武陵时，最好就到这个旅馆来下榻。我还不曾遇见过什么学者，比这个朋友更能明白中国格言谚语的用处。他说话全是活的，即便是诨话野话，也莫不各有出处，言之成章。而且妙趣百出，庄谐杂陈。他那言语比喻丰富处，真像是大河流水，永无穷尽。在那旅馆中住下，一面听他詈骂佣人，一面使我就想起在北京城圈里编《国语大辞典》的诸先生，为一句话一个字的用处，把《水浒》、《金瓶梅》、《红楼梦》以及其他所有元明清杂剧小说翻来翻去，剪破了多少书籍！若果他们能够来到这旅馆里，故意在天井中撒一泡尿，或装作无心的样子，把些瓜果皮壳脏东西从窗口随意抛出去，或索性当着这旅馆老板面前，作点不守规矩缺少理性的行为。好，等着你就听听那作老板的骂出稀奇古怪的字眼儿，你会觉得原来这里还搁下了一本活生生的大辞典！倘若有个经济社会调查团，想从湘西弄到点材料，这旅馆也是最好下榻的处所。因为辰河沿岸码头的税收、烟价、妓女，以及桐油、朱砂的出处行价，各个码头上管事的头目姓名脾气，他知道的也似乎比别的县衙门里"包打听"还更清楚。——他事情懂得多哩，只要想想，人还只在二十五岁左右，就有一百个青年妇人在他面前裸露过胸膛同心子，从一个普通读书人看来，这是一种如何丰富吓人的经验！

只因我已十多年不再到这条河上，一切皆极生疏了，他便特别热心答应伴送我过桃源。为我租雇小船，照料一切。

十二点钟我们从武陵动身，一点半钟左右，汽车就到了桃源县停车站。我们下了车，预备去看船时，几件行李成为极麻烦的问题了。老朋友说，若把行李带去，到码头边叫小划子时，那些吃水上饭的人，会"以逸待劳"，把价钱放在一个高点上，使我们无法对付。若把行李寄放到另外一个地方，空手去看船，我们便又"以逸待劳"了。我信任了老朋友的主张，照他的意思，一到桃源站，我们就把行李送到一个卖酒曲的人家去。到了那酒曲铺子，拿烟的是个四十岁左右的中年胖妇人，他的干亲家，倒茶的是个十五六岁的白脸长身头发黑亮亮的女孩子，腰身小，嘴唇小，眼目清明如两粒水晶球儿，见人只是转个不停。论辈数，说是干女儿呢。

坐了一阵，两人方离开那人家洒着手下河边去。在河街上一个旧书铺，一帧无名氏的山水小景牵引了他的眼睛，二十块钱把画买定了。再到河边去看船，船上人知道我是那个大老板的熟人，价钱倒很容易说妥了。来回去让船总写保单，取行李，一切安排就绪，时间已快到半夜了。我那小船明天一早方能开头，我就邀他在船上住一夜。他却说酒曲铺子那个十五年前老伴的女儿，正炖了一只母鸡等着他去消夜。点了一段废缆子，很快乐地跳上岸摇着晃着匆匆走去了。

他上岸从一些吊脚楼柱下转入河街时，我还听到河街一哨兵喊口号，他大声答着"百姓"，表明他的身份。第二天天刚发白，我还没醒，小船就已向上游开动了。大约已经走了三里路，却听得岸上有个人喊我的名字，沿岸追来，原来是他从热被里脱出赶来送我的行的。船傍了岸。天落着雪，他站在船头一面抖去肩上雪片，一面质问弄船人，为什么船开得那么早。

我说："牯子大哥，你怎么的，天气冷得很，大清早还赶来送我！"

他钻进舱里笑着轻轻地向我说："牯子老弟，我们看好了的那幅画，我不想买了。我昨晚上还看过更好的一本册页！"

"什么人画的？"

"当然仇十洲。我怕仇十洲那杂种也画不出。牯子老弟,好得很……"话不说完他就大笑起来。我明白他话中所指了。

"你又迷路了吗?你不是说自己年已老了吗?"

"到了桃源还不迷路吗?自己虽老别人可年轻!牯子老弟,你好好地上船吧,不要胡思乱想我的事情,回来时仍住到我的旅馆里,让我再照料你上车吧。"

"一路复兴,一路复兴。"那么嚷着,于是他同豹子一样,一纵又上了岸,船就开了。

桃源与沅州

全中国的读书人,大概从唐朝以来,命运中注定了应读一篇《桃花源记》,因此把桃源当成一个洞天福地。人人皆知道那地方是武陵渔人发现的,有桃花夹岸,芳草鲜美。远客来到,乡下人就杀鸡温酒,表示欢迎。乡下人都是避秦隐居的遗民,不知有汉朝,更无论魏晋了。千余年来读书人对于桃源的印象,既不怎么改变,所以每当国体衰弱发生变乱时,想做遗民的必多,这文章也就增加了许多人的幻想,增加了许多人的酒量。至于住在那儿的人呢,却无人自以为是遗民或神仙,也从不会有人遇着遗民或神仙。

桃源洞离桃源县二十五里。从桃源县坐小船沿沅水上行，船到白马渡时，上南岸走去，忘路之远近乱走一阵，桃花源就在眼前了。那地方桃花虽不如何动人，竹林却很有意思。如椽如柱的大竹子，随处皆可发现前人用小刀刻划留下的诗歌。新派学生不甘自弃，也多刻下英文字母的题名。竹林里间或潜伏一二剪径壮士，待机会霍地从路旁跃出，仿照《水浒传》上英雄好汉行为，向游客发个利市，来个措手不及，不免吃点小惊。桃源县城则与长江中部各小县城差不多，一入城门最触目的是推行印花税与某种公债的布告。城中有棺材铺、官药铺，有茶馆酒馆，有米行脚行，有和尚道士，有经纪媒婆。庙宇祠堂多数为军队驻防，门外必有个武装同志站岗。土栈烟馆既照章纳税，就受当地军警保护。代表本地的出产，边街上有几十家玉器作，用珉石染红着绿，琢成酒杯笔架等物，货物品质平平常常，价钱却不轻贱。另外还有个名为"后江"的地方，住下无数公私不分的妓女，很认真经营她们的业务。有些人家在一个菜园平房里，有些却又住在空船上，地方虽脏一点倒富有诗意。这些妇女使用她们的下体，安慰军政各界，且征服了往还沅水流域的烟贩，木商，船主，以及种种因公出差过路人，挖空了每个顾客的钱包，维持许多人生活，促进地方的繁荣。一县之长照例是个读书人，从史籍上早知道这是人类一种最古的职业，没有郡县以前就有了它们，取缔既与"风俗"不合，且影响到若干人生活，因此就很正当地定下一些规章制度，向这些人来抽收一种捐税（并采取了个美丽名词叫作"花捐"），把这笔款项用来补充地方行政，保安或城乡教育经费。

桃源既是个有名地方，每年自然就有许多"风雅"人，心慕古桃源之名，二三月里携了《陶靖节集》与《诗韵集成》等参考资料和文房四宝，来到桃源县访幽探胜。这些人往桃源洞赋诗前后，必尚有机会过后江走走。由朋友或专家引导，这家那家坐坐，烧盒烟，喝杯茶。看中意某一个女人时，问问行市，花个三元五元，便在那万人用过的花板床上，压着那可怜妇人的胸膛放荡一夜。于是纪游诗上多了几首无题艳遇诗，"巫峡神女①""汉皋解珮②""刘阮天台③"等等典故，一律被引用到诗上去。看过了桃源洞，这人平常若是很谨慎的，自会觉得应当即早过医生处走走，于是匆匆地回家了。至于接待过这种外路"风雅"人的神女呢，前一夜也许陆续接待过了三个麻阳船水手，后一夜又得陪伴两个贵州省牛皮商人。这些妇人照例说不定还被一个散兵游勇，一个县公署执达吏，一个公安局书记，或一个当地小流氓长时期包定占有，客来时那人往烟馆过夜，客去时再回到妇人身

---

① 巫峡神女：相传为炎帝女，葬巫山之阳。这里当指楚怀王游于高唐，昼寝，梦与神遇，自称巫山神女，王因幸之事。

② 汉皋解珮：汉皋，地名，在湖北襄阳西北。汉皋解珮，指《列仙传》叙郑交甫于此地遇二仙女，见而悦之，下请其珮，二女解珮与交甫事。

③ 刘阮天台：指传说中东汉人刘晨、阮肇入天台山遇二仙女事。

边来烧烟。

妓女的数目占城中人口比例数不小。因此仿佛有各种原因，她们的年龄都比其他大都市更无限制。有些人年在五十以上，还不甘自弃，同十六七岁孙女辈行来参加这种生活斗争，每日轮流接待水手同军营中火伕。也有年纪不过十三四岁，乳臭尚未脱尽，便在那儿服侍客人过夜的。

她们的技艺是烧烧鸦片烟，唱点流行小曲，若来客是粮子上跑四方人物，还得唱唱军歌党歌，和时下电影明星的流行歌曲，应酬应酬，增加兴趣。她们的收入有些一次可得洋钱二十三十，有些一整夜又只得一块八毛。这些人有病本不算一回事。实在病重了，不能作生意挣饭吃，间或就上街走到西药房去打针，六零六三零三扎那么几下，或请走方郎中配副药，朱砂茯苓乱吃一阵，只要支持得下去，总不会坐下来吃白饭。直到病倒了，毫无希望可言了，就叫毛伙用门板抬到那类住在空船中孤身过日子的老妇人身边去，尽她咽最后那一口气。死去时亲人呼天抢地哭一阵，罄所有请和尚安魂念经再托人赊购副四合头棺木，或借"大加一"①买副薄薄板片，土里一埋也就完事了。

桃源地方已有公路，直达号称湘西咽喉的武陵（常德），每日都有八辆十辆新式载客汽车，按照一定时刻在公

---

① 大加一：一种月息为百分之十的高利贷。

路上奔驰，距常德约九十里，车票价钱一元零。这公路从常德且直达湖南省会的长沙，汽车路程约四小时，车票价约六元。公路通车时，有人说这条公路在湘省经济上具有极大意义，意思是对于黔省出口特货①运输可方便不少。这人似乎不知道特货过境每次必三百担五百担，公路上一天不过十几辆汽车来回，若非特货再加以精制，每天能运输多少？关于特货的精制，在各省严厉禁烟宣传中，平民谁还有胆量来作这种非法勾当。假若在桃源县某种铺子里，居然有人能够设法购买一点黄色粉末药物，作为谈天口气，随便问问，就会弄明白那货物的来源是有来头的。信不信由你，大股东中大头脑有什么"龄"字辈"子"字辈，还有沿江之督办，上海之闻人。且明白出产地并不是桃源县城，沿江上行五十多里，有二十部机器日夜加工，运输出口时或用轮船直往汉口，却不需借公路汽车转运长沙。

真可称为桃源名产值得引人注意的，是家鸡同鸡卵，街头巷尾无处不可以发现这种冠赤如火、庞大庄严的生物，经常有重达一二十斤的。凡过路人初见这地方鸡卵，必以为鸭卵或鹅卵。其次，桃源有一种小划子，轻捷，稳当，干净，在沅河中可称首屈一指。一个外省旅行者，若想到湘西的永

---

① 特货：指鸦片烟。

绥①，乾城②，凤凰研究湘边苗族的分布状况；或想到湘西往四川的酉阳，秀山，调查桐油的生产，往贵州的铜仁调查朱砂水银的生产，往玉屏调查竹料种类，注意造箫制纸的手工业生产情况，皆可在桃源县魁星阁下边，雇妥那么一只小船，沿沅河溯流而上，直达目的地，到地时取行李上岸落店，毫无何等困难。

一只桃源小划子上只能装载一二客人。照例要个舵手，管理后艄，调动船只左右；张挂风帆，松紧帆索，捕捉河面山谷中的微风；放缆拉船，量渡河面宽窄与河流水势，伸缩竹缆。另外还要拦头工人，上滩下滩时看水认容口，出事前提醒舵手躲避石头，恶浪与洑流，出事后点篙子需要准确，稳重。这种人还要有胆量，有气力，有经验，张帆落帆都得很敏捷地及时拉桅下绳索。走风船行如箭时，便蹲坐在船头上吆喝呼啸，嘲笑同行落后的船只。自己船只落后被人嘲笑时，还要回骂；人家唱歌也得用歌声作答。两船相碰说理时，不让别人占便宜。动手打架时，先把篙子抽出拿在手上。船只逼入急流乱石中，不问冬夏，都得敏捷而勇敢地脱光衣裤，向急流中跳去，在水里尽肩背之力使船只离开险境。掌舵的因事故不能尽职，就从船顶爬过船尾去，作个临

---

① 永绥：县名，即今湖南花垣。
② 乾城：即乾州，今属湖南吉首。

时舵手。船上若有小水手，还应事事照料小水手，指点小水手。更有一份不可推却的职务，便是在一切过失上，应与掌舵的各据小船一头，相互辱宗骂祖，继续使船前进。小船除此两人以外，尚需要个小水手居于杂务地位，淘米，烧饭，切菜，洗碗，无事不作。行船时应荡桨就帮同荡桨，应点篙就帮同持篙。这种小水手大都在学习期间，应处处留心，取得经验同本领。除了学习看水，看风，记石头，使用篙桨以外，也学习挨打挨骂。尽各种古怪稀奇字眼儿成天在耳边反复响着，好好地保留在记忆里，将来长大时再用它来辱骂旁人。上行无风吹，一个人还负了纤板，曳着一段竹缆，在荒凉河岸小路上拉船前进。小船停泊码头边时，又得规规矩矩守船。关于他们的经济情势，舵手多为船家长年雇工，平均算来合八分到一角钱一天。拦头工有长年雇定的，人若年富力强多经验，待遇同掌舵的差不多。若只是短期包来回，上行平均每天可得一毛或一毛五分钱。下行则尽义务吃白饭而已。至于小水手，学习期限看年龄同本事来，有些人每天可得两分钱作零用，有些人在船上三年五载吃白饭。上滩时一个不小心，闪不知被自己手中竹篙弹入乱石激流中，泅水技术又不在行，在水中淹死了，船主方面写得有字据，生死家长不能过问，掌舵的把死者剩余的一点衣服交给家长，说明白落水情形后，烧几百钱纸，手续便清楚了。

　　一只桃源划子，有了这样三个水手，再加上一个需要赶路，有耐心，不嫌孤独，能花个二十三十的乘客，这船便在一条清明透澈的沅水上下游移动起来了。在这条河里在这种小船上作乘客，最先见于记载的一人，应当是那疯疯癫癫的楚逐臣屈原。在他自己的文章里，他就说道："朝发枉渚兮，夕宿辰阳。"若果他那文章还值得称引，我们尚可以就"沅有芷兮澧有兰"与"乘舲上沅"这些话，估想他当年或许就坐了这种小船，溯流而上，到过出产香草香花的沅州①。沅州上游不远有个白燕溪，小溪谷里生长芷草，到如今还随处可见。这种兰科植物生根在悬崖罅隙间，或蔓延到松树枝丫上，长叶飘拂，花朵下垂成一长串，风致楚楚。花叶形体较建兰柔和，香味较建兰淡远。游白燕溪的可坐小船去，船上人若伸手可及，多随意伸手摘花，顷刻就成一束。若崖石过高，还可以用竹篙将花打下，尽它堕入清溪洄流里，再用手去溪里把花捞起。除了兰芷以外，还有不少香草香花，在溪边崖下繁殖。那种黛色无际的崖石，那种一丛丛幽香眩目的奇葩，那种小小洄旋的溪流，合成一个如何不可言说，迷人心目的圣境！若没有这种地方，屈原便再疯一点，据我想来他文章未必就能写得那么美丽。

什么人看了我这个记载，若神往于香草香花的沅州，居然从桃源包了小船，过沅州去，希望实地研究解决《楚辞》

---

① 沅州：即芷江。

上几个草木问题，到了沅州南门城边，也许无意中会一眼瞥见城门上有一片触目黑色。因好奇想明白它，一时可无从向谁去询问。他所见到的只是一片新的血迹，并非什么古迹。大约在清党①前后，有个晃州姓唐的青年，北京农科大学毕业生，在沅州晃州两县，用党务特派员资格，率领了两万以上四乡农民，和青年学生，肩持各种农具，上城请愿。守城兵先已得到长官命令，不许请愿群众进城。于是双方自然而然发生了冲突。一面是旗帜，木棒，呼喊与愤怒，一面是居高临下，一尊机关枪同十支步枪。街道既那么窄，结果站在最前线上的特派员同四十多个青年学生与农民，便全在城门边牺牲了。其余农民一看情形不对，抛下农具四散跑了。那个特派员的身体，于是被兵士用刺刀钉在城门木板上示众三天。三天过后，便连同其他牺牲者，一齐抛入屈原所称赞的清流里喂鱼吃了。几年来本地人在内战反复中被派捐拉伕，应付差役中把日子混过去，大致把这件事也慢慢地忘掉了。

桃源小船载到沅州府，舵手把客人行李扛上岸，讨得酒钱回船时，这些水手必乘兴过南门外皮匠街走走。那地方同桃源的后江差不多，住下不少经营最古职业的人物②。地方既非商埠，价钱可公道一些。花五角钱关一次门，上船时还

---

① 指1927年4月12日国民党发动的反革命政变。
② 指妓女。

可以得一包黄油油的上净丝烟，那是十年前的规矩。照目前百物昂贵情形想来，一切当然已不同了，出钱的花费也许得多一点，收钱的待客也许早已改用"美丽牌"代替"上净丝"了。

或有人在皮匠街蓦然间遇见水手，对水手发问："弄船的，'肥水不落外人田'，家里有的你让别人用，用别人的你还得花钱，这上算吗？"

那水手一定会拍着腰间麂皮抱兜，笑眯眯地回答说："大爷，'羊毛出在羊身上'，这钱不是我桃源人的钱，上算的。"

他回答的只是后半截，前半截却不必提。本人正在沅州，离桃源远过六七百里，桃源那一个他管不着。

便因为这点哲学，水手们的生活，比起"风雅人"来似乎也洒脱多了。若说话不犯忌讳，无人疑心我"袒护无产阶级"，我还想说，他们的行为，比起那些读了些"子曰"，带了五百家香艳诗去桃源寻幽访胜，过后江讨经验的"风雅人"来，也实在还道德得多。

一九三五年三月，北平大城中

鸭窠围的夜

天快黄昏时落了一阵雪子,不久就停了。天气真冷,在寒气中一切都仿佛结了冰。便是空气,也快要冻结的样子。我包定的那一只小船,在天空大把撒着雪子时已泊了岸。从桃源县沿河而上这已是第五个夜晚。看情形晚上还会有风有雪,故船泊岸边时便从各处挑选好地方。沿岸除了某一处有片沙岨宜于泊船以外,其余地方全是黛色如屋的大岩石。石头既然那么大,船又那么小,我们都希望寻觅得到一个能作小船风雪屏障,同时要上岸又还方便的处所。凡是可以泊船的地方早已被当地渔船占去了。小船上的水手,把船上下各处撑去,钢钻头敲打着沿岸大石头,发出好听的声音,结果这只小船，还是不能不同许多大小船只一样，在正当泊船处插了篙子，把当作锚头用的石碇抛到沙上去，尽那行将来到的风雪，摊派到这只船上。

这地方是个长潭的转折处，两岸是高大壁立千丈的山，山头上长着小小竹子，长年翠色逼人。这时节两山只剩余一抹深黑，赖天空微明为画出一个轮廓。但在黄昏里看来如一种奇迹的，却是两岸高处去水已三十丈上下的吊脚楼。这些房子莫不俨然悬挂在半空中，借着黄昏的余光，还可以把这些稀奇的楼房形体，看得出个大略。这些房子同沿河一切房子有个共通相似处，便是从结构上说来，处处显出对于木材的浪费。房屋既在半山上，不用那么多木料，便不能成为房子吗？半山上也用吊脚楼形式，这形式是必须的吗？然而这条河水的大宗出口是木料，木材比石块还不值价。因此，即或是河水永远涨不到处，吊脚楼房子依然存在，似乎也不应当有何惹眼惊奇了。但沿河因为有了这些楼房，长年与流水斗争的水手，寄身船中枯闷成疾的旅行者，以及其他过路人，却有了落脚处了。这些人的疲劳与寂寞是从这些房子中可以一律解除的。地方既好看，也好玩。

河面大小船只泊定后，莫不点了小小的油灯，拉了篷。

各个船上皆在后舱烧了火,用铁鼎罐①煮红米饭,饭焖熟后,又换锅子熬油,哗地把菜蔬倒进热锅里去。一切齐全了,各人蹲在舱板上三碗五碗把腹中填满后,天已夜了。水手们怕冷怕动的,收拾碗盏后,就莫不在舱板上摊开了被盖,把身体钻进那个预先卷成一筒又冷又湿的硬棉被里去休息。至于那些想喝一杯的,发了烟瘾得靠靠灯,船上烟灰又翻尽了的,或一无所为,只是不甘寂寞,好事好玩想到岸上去烤烤火谈谈天的,便莫不提了桅灯,或燃一段废缆子,摇晃着从船头跳上了岸,从一堆石头间的小路径,爬到半山上吊脚楼房子那边去,找寻自己的熟人,找寻自己的熟地。陌生人自然也有来到这条河中,来到这种吊脚楼房子里的时节,但一到地,在火堆旁小板凳上一坐,便是陌生人,即刻也就可以称为熟人乡亲了。

这河边两岸除了停泊有上下行的大小船只三十左右以外,还有无数在日前趁融雪涨水放下形体大小不一的木筏。较小的木筏,上面供给人住宿过夜的棚子也不见,一到了码头,便各自上岸找住处去了。大一些的木筏呢,则有房屋,有船只,有小小菜园与养猪养鸡栅栏,还有女眷和小孩子。

黑夜占领了全个河面时,还可以看到木筏上的火光,吊

---

① 鼎罐:卵圆形铁罐,炊具。烧饭时置三脚铁架上,形似商鼎,俗称鼎罐。

脚楼窗口的灯光，以及上岸下船在河岸大石间飘忽动人的火炬红光。这时节岸上船上都有人说话，吊脚楼上且有妇人在黯淡灯光下唱小曲的声音，每次唱完一支小曲时，就有人笑嚷。什么人家吊脚楼下有匹小羊叫，固执而且柔和的声音，使人听来觉得忧郁。我心中想着："这一定是从别一处牵来的，另外一个地方，那小畜生的母亲，一定也那么固执地鸣着吧。"算算日子，再过十一天便过年了。"小畜生明不明白只能在这个世界上活过十天八天？"明白也罢，不明白也罢，这小畜生是为了过年而赶来，应在这个地方死去的。此后固执而又柔和的声音，将在我耳边永远不会消失。我觉得忧郁起来了。我仿佛触着了这世界上一点东西，看明白了这世界上一点东西，心里软和得很。

但我不能这样子打发这个长夜。我把我的想象，追随了一个唱曲时清中夹沙的妇女声音到她的身边去了。于是仿佛看到了一个床铺，下面是草荐，上面摊了一床用旧帆布或别的旧货做成脏而又硬的棉被，搁在床正中被单上面的是一个长方木托盘，盘中有一把小茶盏，一个小烟盒，一支烟枪，一块小石头，一盏灯。盘边躺着一个人在烧烟。唱曲子的妇人，或是袖了手捏着自己的膀子站在吃烟者的面前，或是靠在男子对面的床头，为客人烧烟。房子分两进，前面临街，地是土地，后面临河，便是所谓吊脚楼了。这些人房子窗口既一面临河，可以凭了窗口呼喊河下船中人，当船上人过了瘾，胡闹已够，下船时，或者尚有些事情嘱托，或有其他原因，一个晃着火炬停顿在大石间，一个便凭立在窗口，"大佬你记着，船下行时又来。""好，我来的，我记着的。""你见了顺顺就说：会呢，完了；孩子大牛呢，脚膝骨好了。细粉带三斤，冰糖或片糖带三斤。""记得到，记得到，大娘你放心，我见了顺顺大爷就说：会呢，完了。大牛呢，好了。细粉来三斤，冰糖来三斤。""杨氏，杨氏，一共四吊七，莫错账！""是的，放心呵，你说四吊七就四吊七，年三十夜莫会要你多的！你自己记着就是了！"这样那样地说着，我一一都可听到，而且一面还可以听着在黑暗中某一处咩咩的羊鸣。我明白这些回船的人是上岸吃过"荤烟"①了的。

我还估计得出，这些人不吃"荤烟"，上岸时只去烤烤火的，到了那些屋子里时，便多数只在临街那一面铺子里。这时节天气太冷，大门必已上好了，屋里一隅或点了小小油灯，屋中土地上必就地掘了浅凹火炉膛，烧了些树根柴块。火光煜煜，且时时刻刻爆炸着一种难于形容的声音。火旁矮板凳上坐有船上人，木筏上人，有对河住家的熟人。且有虽为天所厌弃还不自弃年过七十的老妇人，闭着眼睛蜷成一团蹲在火边，悄悄地从大袖筒里取出一片薯干，一枚红枣，塞

---

① 吃"荤烟"：指玩女人。

到嘴里去咀嚼。有穿着肮脏，身体瘦弱的孩子，手擦着眼睛傍着火旁的母亲打盹。屋主人有为退伍的老军人，有翻船背运的老水手，有单身寡妇。借着火光灯光，可以看得出这屋中的大略情形，三堵板壁上，一面必有个供奉祖宗的神龛，神龛下空处或另一面，必贴了一些大小不一的红白名片。这些名片倘若有那些好事者加以注意，用小油灯照着，去仔细检查检查，便可以发现许多动人的名衔，军队上的连副、上士、一等兵，商号中的管事，当地的团总、保正、催租吏，以及照例姓滕的船主，洪江的木簰商人，与其他各行各业人物，无所不有。这是近一二十年来经过此地若干人中一小部分的题名录。这些人各用一种不同的生活，来到这个地方，且同样地来到这些屋子里，坐在火边或靠近床上，逗留过若干时间。这些人离开了此地后，在另一世界里还是继续活下去，但除了同自己的生活圈子中人发生关系以外，与一同在这个世界上其他的人，却仿佛便毫无关系可言了。他们如今也许早已死掉了，水淹死的，枪打死的，被外妻用砒霜谋杀的，然而这些名片却依然将好好地保留下去。也许有些人已成了富人名人，成了当地的小军阀，这些名片却仍然写着催租人，上士等等的衔头。……除了这些名片，那屋子里是不是还有比它更引人注意的东西呢？锯子，小捞兜，香烟大画片，装干栗子的口袋……

提起这些问题时使人心中很激动。我到船头上去眺望了一阵。河面静静的,木筏上火光小了,船上的灯光已很少了,远近一切只能借着水面微光看出个大略情形。另外一处的吊脚楼上,又有了妇人唱小曲的声音,灯光摇摇不定,且有猜拳声音。我估计那些光同声音所在处,不是木筏上的簰头在取乐,就是水手们小商人在喝酒。妇人手指上说不定还戴了从常德府为水手特别捎带来的镀金戒指,一面唱曲一面把那只手理着鬓角,多动人的一幅画图!我认识他们的哀乐,这一切我也有份。看他们在那里把每个日子打发下去,也是眼泪也是笑,离我虽那么远,同时又与我那么相近。这正同读一篇描写西伯利亚的农人生活动人作品一样,使人掩卷引起无言的哀戚。我如今只用想象去领味这些人生活的表面姿态,却用过去一分经验,接触着了这种人的灵魂。

羊还固执地鸣着。远处不知什么地方有锣鼓声音,那一定是某个人家禳土酬神还愿巫师①的锣鼓。声音所在处必有火燎与九品蜡②照耀争辉。眩目火光下必有头包红布的老巫师独立作旋风舞,门上架上有黄钱,平地有装满了谷米的平斗。有新宰的猪羊伏在木架上,头上插着小小五色纸旗。有行将为巫师用口把头咬下的活公鸡,缚了双脚与翼翅,在土坛边无可奈何地躺卧。主人锅灶边则热了满锅猪血稀粥,灶

---

① 巫师:湘西原始宗教中司神职的人。
② 九品蜡:即九支蜡烛,祭神时可按不同格式排列。

中正火光熊熊。

邻近一只大船上，水手们已静静地睡下了，只剩一个人吸着烟，且时时刻刻把烟管敲着船舷，也像听着吊脚楼的声音，为那点声音所激动，引起种种联想，忽然按捺自己不住了，只听到他轻轻地骂着野话，擦了支自来火，点上一段废缆，跳上岸往吊脚楼那里去了。他在岸上大石间走动时，火光便从船篷空处漏进我的船中。也是同样的情形吧，在一只装载棉军服向上行驶的船上，泊到同样的岸边，躺在成束成捆的军服上面，夜既太长，水手们爱玩牌的各蹲坐在舱板上小油灯光下玩天九，睡既不成，便胡乱穿了两套棉军服，空手上岸，借着石块间还未融尽残雪返照的微光，一直向高岸上有灯光处走去。到了街上，除了从人家门罅里露出的灯光成一条长线横卧着，此外一无所有。在计算中以为应可见到的小摊上成堆的花生，用哈德门长方纸烟盒装着干瘪瘪的小橘子，切成小方块的片糖，以及在灯光下看守摊子把眉毛扯得极细的妇人（这些妇人无事可作时还会在灯光下做点针钱的），如今什么也没有。既不敢冒昧闯进一个家里面去，便只好又回转河边船上了。但上山时向灯光凝聚处走去，方向不会错误。下河时可糟了。糊糊涂涂在大石小石间走了许久，且大声喊着，才走近自己所坐的一只船。上船时，两脚全是泥，刚攀上船舷还不及脱鞋落舱，就有人在棉被中大喊："伙计哥子们，脱鞋呀！"把鞋脱了还不即睡，便镶到水手身旁去看牌,一直看到半夜——十五年前自己的事,在这样地方温习起来,使人对于命运感到十分惊异。我懂得那个忽然独自跑上岸去的人,为什么上去的理由!

等了一会,邻船上那人还不回到他自己的船上来,我明白他所得的必比我多了一些。我想听听他回来时,是不是也像别的船上人,有一个妇人在吊脚楼窗口喊叫他。许多人都陆续回到船上了,这人却没有下船。我记起"柏子①"。但是,同样是水上人,一个那么快乐地赶到岸上去,一个却是那么寂寞地跟着别人后面走上岸去,到了那些地方,情形不会同柏子一样,也是很显然的事了。

为了我想听听那个人上船时那点推篷声音,我打算着,在一切声音全已安静时,我仍然不能睡觉。我等待那点声音,大约到午夜十二点,水面上却起了另外一种声音。仿佛鼓声,也仿佛汽油船马达转动声,声音慢慢地近了,可是慢慢地又远了。像是一个有魔力的歌唱,单纯到不可比方,也便是那种固执的单调,以及单调的延长,使一个身临其境的人,想用一组文字去捕捉那点声音,以及捕捉在那长潭深夜一个人为那声音所迷惑时节的心情,实近于一种徒劳无功的努力。那点声音使我不得不再从那个业已用被单塞好空罅的

---

① 柏子:沈从文小说《柏子》中人物。小说叙述的,是水手柏子与其吊脚楼身为妓女的情人的幽会情形。

舱门，到船头去搜索它的来源。河面一片红光，古怪声音也就从红光一面掠水而来。原来日里隐藏在大岩下的一些小渔船，在半夜前早已静悄悄地下了拦江网。到了半夜，把一个从船头伸在水面的铁兜，盛上燃着熊熊烈火的油柴，一面用木棒槌有节奏地敲着船舷各处漂去。身在水中见了火光而来与受了枥声吃惊四窜的鱼类，便在这种情形中触了网，成为渔人的俘虏。

一切光，一切声音，到这时节已为黑夜所抚慰而安静了，只有水面上那一分红光与那一派声音。那种声音与光明，正为着水中的鱼和水面的渔人生存的搏战，已在这河面上存在了若干年，且将在接连而来的每个夜晚依然继续存在。我弄明白了，回到舱中以后，依然默听着那个单调的声音。我所看到的仿佛是一种原始人与自然战争的情景。那声音，那火光，都近于原始人类的战争，把我带回到四五千年那个"过去"时间里去。

不知在什么时候开始落了很大的雪，听船上人细语着，我心想，第二天我一定可以看到邻船上那个人上船时节，在岸边雪地上留下的那一行足迹。那寂寞的足迹，事实上我却不曾见到，因为第二天到我醒来时，小船已离开那个泊船处很远了。

一九三四年一月十八

　　我仿佛被一个极熟的人喊了又喊，人清醒后那个声音还在耳朵边。原来我的小船已开行了许久，这时节正在一个长潭中顺风滑行，河水从船舷轻轻擦过，把我弄醒了。

　　我的小船今天应当停泊到一个大码头，想起这件事，我就有点儿慌张起来了。小船应停泊的地方，照史籍上所说，出丹砂，出辰州符。事实上却只出胖人，出肥猪，出鞭炮，出雨伞。一条长长的河街，在那里可以见到无数水手柏子与无数柏子的情妇。长街尽头飘扬着用红黑二色写上扁方体字税关的幡信，税关前停泊了无数上下行验关的船只。长街尽头油坊围墙如城垣，长年有油可打，打油匠摇荡悬空油槌，訇地向前抛去时，莫不伴以摇曳长歌，由日到夜，不知休止。河中长年有大木筏停泊，每一木筏浮江而下时，同时四方角隅至少有三十个人举桡激水。沿河吊脚楼下泊定了大而明黄的船只，船尾高涨，常到两丈左右，小船从下面过身时，仰头看去恰如一间大屋（那上面必用金漆写得有"福"字同"顺"字！）。这个地方就是我一提及它时充满了感情的辰州①。

小船去辰州还约三十里，两岸山头已较小，不再壁立拔峰，渐渐成为一堆堆黛色与浅绿相间的丘阜，山势既较和平，河水也温和多了。两岸人家渐渐越来越多，随处可以见到毛竹林。山头已无雪，虽尚不出太阳，气候干冷，天空倒明明朗朗。小船顺风张帆向上流走去时，似乎异常稳定。

但小船今天至少还得上三个滩与一个长长的急流。

大约九点钟时，小船到了第一个长滩脚下了，白浪从船旁跑过快如奔马，在惊心眩目情形中小船居然上了滩。小船上滩照例并不如何困难，大船可不同一点。滩头上就有四只大船斜卧在白浪中大石上，毫无出险的希望。其中一只货船，大致还是昨天才坏事的，只见许多水手在石滩上搭了棚子住下，摊晒了许多被水浸湿的货物。正当我那只小船上完

---

① 辰州：即沅陵，隋置辰州于沅陵，故名。

第一滩时,却见一只大船,正搁浅在滩头激流里。只见一个水手赤裸着全身向水中跳去,想在水中用肩背之力使船只活动,可是人一下水后,就即刻为激流带走了。在浪声吼哮里尚听到岸上人沿岸喊着,水中那一个大约也回答着一些遗嘱之类,过一会儿,人便不见了。这个滩共有九段。这件事从船上人看来,可太平常了。

小船上第二段时,江流已随山势曲折,再不能张帆取风,我担心到这小小船只的安全问题,就向掌舵水手提议,增加一个临时纤手,钱由我出。得到了他的同意,一个老头子,牙齿已脱,白须满腮,却如古罗马战士那么健壮,光着手脚蹲在河边那个大青石上讲生意来了。两方面都大声嚷着而且辱骂着,一个要一千,一个却只出九百,相差那一百钱折合银洋约一分一厘。那方面既坚持非一千文不出卖这点气力,这一方面却以为小船根本不必多出这笔钱给一个老头子,我即或答应了不拘多少钱统由我出,船上三个水手,一面与那老头子对骂,一面把船开到急流里去了。但小船已开出后,老头子方不再坚持那一分钱,却赶忙从大石上一跃而下,自动把背后纤板上短绳,缚定了小船的竹缆,躬着腰向前走去了。待到小船业已完全上滩后,那老头就赶到船边来取钱,互相又是一阵辱骂。得了钱,坐在水边大石上一五一十数着。我问他有多少年纪,他说七十七。那样子,简直是一个托尔斯太[①]！眉毛那么长，鼻子那么大，胡子那么多，一切都同画相上的托尔斯太相去不远。看他那数钱的神气，人快到八十了，对于生存还那么努力执着，这人给我的印象真太深了。但这个人在他们弄船人看来，一个又老又狡猾的东西罢了。

小船上尽长滩后，到了一个小小水村边，有母鸡生蛋的声音，有人隔河喊人的声音，两山不高而翠色迎人。许多等待修理的小船，一字排开斜卧在岸上，有人在一只船边敲敲打打，我知道他们正用麻头与桐油石灰嵌进船缝里去。一个木筏上面还搁了一只小船，在平滩中溜着。忽然村中有炮仗声音，有唢呐声音，且有锣声；原来村中人正接媳妇。锣声一起，修船的，放木筏的，划船的，无不停止了工作，向锣声起处望去。——多美丽的一幅画图，一首诗！但除了一个从城市中因事挤出的人觉得惊讶，难道还有谁看到这些光景矍然神往？

下午二时左右，我坐的那只小船，已经把辰河[②]由桃源到沅陵一段路程主要滩水上完，到了一个平静长潭里。天气转晴，日头初出，两岸小山作浅绿色，山水秀雅明丽如西湖。船离辰州只差十里，我估计，过不多久，船到了白塔下

---

① 托尔斯太：现通译作托尔斯泰。
② 辰河：即沅江。

再上个小滩，转过山岨，就可以见到税关上飘扬的长幡信了。

想起再过两点钟，小船泊到泥滩上后，我就会如同我小说写到的那个柏子一样，从跳板一端摇摇荡荡地上了岸，直向有吊脚楼人家的河街走去，再也不能蜷伏在船里了。

我坐到后舱口日光下，向着河流清算我对于这条河水这个地方的一切旧账。原来我离开这地方已十六年。十六年的日子实在过得太快了一点。想起从这堆日子中所有人事的变迁，我轻轻地叹息了好些次。这地方是我第二个故乡。我第一次离乡背井，随了那一群肩扛刀枪向外发展的武士为生存而战斗，就停顿到这个码头上。这地方每一条街，每一处衙署，每一间商店，每一个城洞里作小生意的小担子，还如何在我睡梦里占据一个位置！这个河码头在十六年前教育我，给我明白了多少人事，帮助我作过多少幻想，如今却又轮到它来为我温习那个业已消逝的童年梦境来了。

望着汤汤的流水，我心中好像忽然彻悟了一点人生，同时又好像从这条河上，新得到了一点智慧。的的确确，这河水过去给我的是"知识"，如今给我的却是"智慧"。山头一抹淡淡的午后阳光感动我，水底各色圆如棋子的石头也感动我。我心中似乎毫无渣滓，透明烛照，对万汇百物，对拉船人与小小船只，一切都那么爱着，十分温暖地爱着！我的感情早已融入这第二故乡一切光景声色里了。我仿佛很渺小很

谦卑,对一切有生无生似乎都在伸手,且微笑地轻轻地说:

"我来了,是的,我仍然同从前一样地来了。我们全是原来的样子,真令人高兴。你,充满了牛粪桐油气味的小小河街,虽稍稍不同了一点,我这张脸,大约也不同了一点。可是,很可喜的是我们还互相认识,只因为我们过去实在太熟悉了!"

看到日夜不断,千古长流的河水里的石头和砂子,以及水面腐烂的草木,破碎的船板,使我触着了一个使人感觉惆怅的名词。我想起"历史"。一套用文字写成的历史,除了告给我们一些另一时代另一群人在这地面上相斫相杀的故事以外,我们决不会再多知道一些要知道的事情。但这条河流,却告给了我若干年来若干人类的哀乐!小小灰色的渔船,船舷船顶站满了黑色沉默的鱼鹰,向下游缓缓划去了。石滩上走着脊梁略弯的拉船人。这些东西于历史似乎毫无关系,百年前或百年后皆仿佛同目前一样。他们那么忠实庄严的生活,担负了自己那份命运,为自己,为儿女,继续在这世界中活下去。不问所过的是如何贫贱艰难的日子,却从不逃避为了求生而应有的一切努力。在他们生活、爱憎、得失里,也依然摊派了哭,笑,吃,喝。对于寒暑的来临,他们便更比其他世界上人感到四时交替的严肃。历史对于他们俨然毫无意义,然而提到他们这点千年不变无可记载的历史,却使人引起无言的哀戚。

我有点担心,地方一切虽没有什么变动,我或者变得太多了一点。

船到了税关前兔船旁泊定时,我想象那些税关办事人,因为见我是个陌生旅客,一定上船来盘问我,麻烦我。我于是便假定恰如数年前作的一篇文章上我那个样子,故意不大理会,希望引起那个公务人员的愤怒,直到把我带局为止。我正想要那么一个人引路到局上去,好去见他们的局长!还很希望他们带到当地驻军旅部去,因为若果能够这样,就使我进衙门去找熟人时,省得许多琐碎的手续了。

可是验关的来了,一个宽脸大身体的青年苗人。见到他头上那个盘成一饼的青布包头,引动了我一点乡情。我上岸的计划不得不变更了。他还来不及开口我就说:

"同年,你来查关!这是我坐的一只空船,你尽管看。我想问你,你局长姓什么!"

那苗人已上了小船在我面前站定,看看舱里一无所有,且听我喊他为"同年",从乡音中得到了点快乐,便用着小孩子似的口音问我:

"你到哪里去,你从哪里来呀?"

"我从常德来——就到这地方。你不是梨林人吗?我是……我要会你局长!"

那关吏说:"我是凤凰县人!你问局长,我们局长姓陈!"

第一个碰到的原来就是自己的乡亲，我觉得十分激动，赶忙请他进舱来坐坐。可是这个人看看我的衣服行李，大约以为我是个什么代表，一种身份的自觉，不敢进舱里来了。就告我若要找陈局长，可以把船泊到中南门去。一面说着一面且把手中的粉笔，在船篷上画了个放行的记号，却回到大船上去："你们走！"他挥手要水手开船，且告水手应当把船停到中南门，上岸方便。

船开上去一点，又到了一个复查处。仍然来了一个头裹青布帕的乡亲从舱口看看船中的我。我想这一次应当故意不理会这个公务人，使他生气方可到局里去。可是这个复查员看看我不作声的神气，一问水手，水手说了两句话，又挥挥手把我们放走了。

我心想：这不成，他们那么和气，把我想象的安排计划全给毁了，若到中南门起岸，水手在身后扛了行李，到城门边检查时，只需水手一句话又无条件通过，很无意思。我多久不见到故乡的军队了，我得看看他们对于职务上的兴味与责任，过去和现在有什么不同处。我便变更了计划，要小船在东门下傍码头停停，我一个人先上岸去，上了岸后小船仍然开到中南门，等等我再派人来取行李。我于是上了岸，不一会就到河街上了。当我打从那河街上过身时，做炮仗的，卖油盐杂货的，收买发卖船上一切零件的，所有小铺子皆牵引了我的眼睛，因此我走得特别慢些。但到进城时却使我很失望，城门口并无一个兵。原来地方既不戒严，兵移到乡下去驻防，城市中已用不着守城兵了。长街路上虽有穿着整齐军服的年轻人，我却不便如何故意向他们生点事。看看一切皆如十六年前的样子，只是兵不同了一点。

我既从东门从从容容地进了城，不生问题，不能被带过旅部去，心想时间还早，不如到我弟弟哥哥共同在这地方新建筑的"芸芦"新家里看看，那新房子全在山上。到了那个外观十分体面的房子大门前，问问工人谁在监工，才知道我哥哥来此刚三天。这就太妙了，若不来此问问，我以为我家中人还依然全在凤凰县城里！我进了门一直向楼边走去时，还有使我更惊异而快乐的，是我第一个见着的人原来就正是五年来行踪不明的"虎雏①"。这人五年前在上海从我住处逃亡后，一直就无他的消息，我还以为他早已腐了烂了。他把我引导到我哥哥住的房中，告给我哥哥已出门，过三点钟方能回来。在这三点钟之内，他在我很惊讶的盘问之下，却告给了我他的全部历史。原来，八岁时他就因为用石块砸死了人逃出家乡，做过玩龙头宝的助手，做过土匪，做过采茶人，当过兵。到上海发生了那件事情后，这六年中又是从一想象不到的生活里，转到我军官兄弟手边来作一名"副爷"。

---

① 虎雏：沈从文短篇小说《虎雏》的主人公。

见到哥哥时，我第一句话说的是："家中虎雏真是个了不起的人物！"我哥哥却回答得妙："了不起的人吗？这里比他了不起的人多着哪。"

到了晚上，我哥哥说的话，便被我所见到的五个青年军官证实了。

一个多情水手与一个多情妇人

我的小表到了七点四十分时,天光还不很亮。停船地方两山过高,故住在河上的人,睡眠仿佛也就可以多些了。小船上水手昨晚上吃了我五斤河鱼,鱼虽吃过,大约还记得着那吃鱼的原因,不好意思再睡,这时节业已起身,卷了铺盖,在烧水扫雪了。两个水手一面工作一面用野话编成韵语骂着玩着,对于恶劣天气与那些昨晚上能晃着火炬到有吊脚楼人家去同宽脸大奶子妇人纠缠的水手,含着无可奈何的妒嫉。

大木筏都得天明时漂滩,正预备开头,寄宿在岸上的人已陆续下了河,与宿在筏上的水手们,共同开始从各处移动木料,筏上有斧斤声与大摇槌嘭嘭的敲打木桩声音。许多在吊脚楼寄宿的人,从妇人热被里脱身,皆在河滩大石间踉跄走着,回归船上。妇人们恩情所结,也多和衣靠着窗边,与河下人遥遥传述那种种"后会有期各自珍重"的话语。很显然的事,便是这些人昨夜那点露水恩情上,已经各在那里支付分上一把眼泪与一把埋怨。想到这些眼泪与埋怨,如何糅进这些人的生命中,成为生活之一部分时,使人心中柔和得很!

第一个大木筏开始移动时,约在八点左右。木筏四隅数十支大桡,泼水而前,筏上且起了有节奏的"唉"声。接着又移动了第二个。……木筏上的桡手,各在微明中画出一个黑色的轮廓。木筏上某一处必飏着一片红红的火光,火堆旁必有人正蹲下用钢罐煮水。

我的小船到这时节一切业已安排就绪,也行将离岸,向长潭上游溯江而上了。

只听到河下小船邻近不远某一只船上,有个水手哑着嗓子喊人。

"牛保,牛保,不早了,开船了呀!"

许久没有回答,于是又听那个人喊道:

"牛保,牛保,你不来当真船开动了!"

再过一阵,催促的转而成为辱骂,不好听的话已上口了。

"牛保，牛保，狗×的，你个狗就见不得河街女人的×！"

吊脚楼上那一个，到此方仿佛初从好梦中惊醒，从热被里妇人手臂中逃出，光身爬到窗边来答着：

"宋宋，宋宋，你喊什么？天气还早咧。"

"早你的娘，人家木簰全开了，你玩了一夜还尽不够！"

"好兄弟，忙什么！今天到白鹿潭好好地喝一杯！天气早得很！"

"天气早得很，哼，早你的娘！"

"就算是早我的娘吧。"

最后一句话，不过是我的想象。因为河岸水面那一个，虽尚呶呶不已，楼上那一个却业已沉默了。大约这时节那个妇人还卧在床上，也开了口，"牛保，牛保，你别理他，冷得很！"因此即刻又回到床上热被里去了。

只听到河边那个水手喃喃地骂着各种野话，且有意识把船上家伙磕撞得很响。我心想：这是个什么样子的人，我倒应该看看他。且很希望认识岸上那一个。我知道他们那只船也正预备上行，就告给我小船上水手，不忙开头，等等同那只船一块儿开。

不多久，许多木筏离岸了，许多下行船也拔了锚，推开篷，着手荡桨摇橹了。我卧在船舱中，就只听到水面人语声，以及橹桨激水声，与橹桨本身被扳动时咿咿哑哑声。河岸吊脚楼上妇人在晓气迷濛中锐声的喊人，正如同音乐中的笙管一样，超越众声而上。河面杂声的综合，交织了庄严与流动，一切真是一个圣境。

我出到舱外去站了一会，天已亮了，雪已止了，河面寒气逼人。眼看这些船筏各戴上白雪浮江而下，这里那里扬着红红的火焰同白烟，两岸高山则直矗而上，如对立巨魔，颜色淡白，无雪处皆作一片墨绿。奇景当前，有不可形容的瑰丽。

一会儿，河面安静了。只剩下几只小船同两片小木筏，还无开头意思。

河岸上有个蓝面短衣青年水手，正从半山高处人家下来，到一只小船上去。因为必需从我小船边过身，我把这人看得清清楚楚。大眼，宽脸，鼻子短，宽阔肩膊下挂着两只大手（手上还提了一个棕衣口袋，里面填得满满的），走路时肩背微微向前弯曲，看来处处皆证明这个人是一个能干得力的水手。我就冒昧地喊他，同他说话：

"牛保，牛保，你玩得好！"

谁知那水手当真就是牛保。

那家伙回过头来看看是我叫他，就笑了。我们的小船好几天以来，皆一同停泊，一同启碇，我虽不认识他，他原来早就认识了我的。经我一问，他有点害羞起来了。他把那口袋举起带笑说道：

"先生,冷呀!你不怕冷吗?我这里有核桃,你要不要吃核桃?"

我以为他想卖给我些核桃,不愿意扫他的兴,就说等等我一定向他买些。

他刚走到他自己那只小船边,就快乐地唱起来了。忽然税关复查处比邻吊脚楼人家窗口,露出一个年青妇人鬓发散乱的头颅,向河下人锐声叫将起来:

"牛保,牛保,我同你说的话,你记着吗?"

年轻水手向吊脚楼一方把手挥动着。

"唉,唉,我记得到!……冷!你是怎的啊!快上床去!"大约他知道妇人起身到窗边时,是还不穿衣服的。

妇人似乎因为一番好意不能使水手领会,有点不高兴的神气。

"我等你十天,你有良心,你就来——"说着,嘭的一声把格子窗放下了。这时节眼睛一定已红了。

那一个还向吊脚楼喃喃说着什么,随即也上了船。我看看,那是一只深棕色的小货船。

我的小船行将开头时,那个青年水手牛保却跑来送了一包核桃。我以为他是拿来卖给我的,赶快取了一张值五角的票子递给他。这人见了钱只是笑。他把钱交还,把那包核桃从我手中抢了回去。

"先生,先生,你买我的核桃,我不卖!我不是做生意人（他把手向吊脚楼指了一下，话说得轻了些）。那婊子同我要好，她送我的。送了我那么多，还有栗子，干鱼。还说了许多痴话，等我回来过年咧……"

慷慨原是辰河水手一种通常的性格，既不要我的钱，皮箱上正搁了一包烟台苹果，我随手取了四个大苹果送给他，且问他：

"你回不回来过年？"

他只笑嘻嘻地把头点点，就带了那四个苹果飞奔而去。我要水手开了船。小船已开到长潭中心时，忽然又听到河边那个哑嗓子在喊嚷：

"牛保，牛保，你是怎么的？我×你的妈，还不下河，我翻你的三代，还……"

一会儿，一切皆沉静了，就只听到我小船船头分水的声音。

听到水手的辱骂，我方明白那个快乐多情的水手，原来得了苹果后，并不即返船，仍然又到吊脚楼人家去了。他一定把苹果献给那个妇人，且告给妇人这苹果的来源，说来说去，到后自然又轮着来听妇人说的痴话，把下河的时间完全忘掉了。

小船已到了辰河多滩的一段路程，长潭尽后就是无数大滩小滩。河水半月来已落下六尺，雪后又照例无风，较小船只即或可以不从大漕上行，沿着河边浅水处走去也仍然十分费事。水太干了，天气又实在太冷了点。我伏在舱口看水手们一面骂野话，一面把长篙向急流乱石间掷去，心中却念及那个多情水手。船上滩时浪头俨然只想把船上人攫走。水流太急，故常常眼看业已到了滩头，过了最紧要处，但在抽篙换篙之际，忽然又会为急流冲下。河水又大又深，大浪头拍岸时常如一个小山，但它总使人觉得十分温和。河水可同一股火，太热情了一点，时时刻刻皆想把人攫走，且仿佛完全只凭自己意见作去。但古怪的是这些弄船人，他们逃避激流同漩水的方法，十分巧妙。他们得靠水为生，明白水，比一般人更明白水的可怕处；但他们为了求生，却在每个日子里每一时间皆有向水中跳去的准备。小船一上滩时，就不能不向白浪里钻去，可是他们却又必有方法从白浪里找到出路。

在一个小滩上，因为河面太宽，小漕河水过浅，小船缆绳不够长不能拉纤，必须尽手足之力用篙撑上，我的小船一连上了五次皆被急流冲下。船头全是水。到后想把船从对河另一处大漕走去，漂流过河时，从白浪中钻出钻进，篷上也沾了水。在大漕中又上了两次，还花钱加了个临时水手，方把这只小船弄上滩。上过滩后问水手是什么滩，方知道这滩名"骂娘滩"（说野话的滩！）。即或是父子弄船，一面弄船也一面得互骂各种野话，方可以把船弄上滩口。

一整天小船尽是上滩，我一面欣赏那些从船舷驰过急于奔马的白浪，一面便用船上的小斧头，敲剥那个风流水手见赠的核桃吃。我估想这些硬壳果，说不定每一颗还都是那吊脚楼妇人亲手从树上摘下，用鞋底揉去一层苦皮，再一一加以选择，放到棕衣口袋里的。望着那些棕色碎壳，那妇人说的"你有良心你就赶快来"一句话，也就尽在我耳边响着。那水手虽然这时节或许正在急水滩头趴伏到石头上拉船，或正脱了裤子涉水过溪，一定却记忆着吊脚楼妇人的一切，心中感觉十分温暖。每一个日子的过去，便使他与那妇人接近一点点。十天完了，过年了，那吊脚楼上，一定门楣上全贴了红喜钱，被捉的雄鸡啊呵呵呵地叫着，雄鸡宰杀后，把它向门角落抛去，只听到翅膀扑地的声音。锅中蒸了一笼糯米饭倒下，两人就开始在一个石臼里捣将起来。一切事就是两个人共力合作，一切工作中皆掺合有笑谑与善意的诅骂。于是当真过年了。又是叮咛与眼泪，在一分长长的日子里有所期待，留在船上另一个放声的辱骂催促着，方下了船，又是胡桃与栗子，干鲤鱼与……

到了午后，天气太冷，无从赶路。时间还只三点左右，我的小船便停泊了。停泊地方名为杨家岨。依然有吊脚楼，飞楼高阁悬在半山中，结构美丽悦目。小船傍在大石边，只须一跳就可以上岸。岸上吊脚楼前枯树边，正有两个妇人，穿了毛蓝布衣裳，不知商量些什么，幽幽地说着话。这里雪已极少，山头皆裸露作深棕色，远山则为深紫色。地方静得很，河边无一只船，无一个人，无一堆柴。河边某一个大石后面，有人正在捶捣衣服，一下一下地捣。对河也有人说话，却看不清楚人在何处。

小船停泊到这些小地方，我真有点担心。船上那个壮年水手，是一个在军营中开过小差做过种种非凡事业的人物，成天在船上只唱着"过了一天又一天，心中好似滚油煎"，若误会了我箱中那些带回湘西送人的信笺信封，以为是值钱东西，在唱过了埋怨生活的戏文以后，转念头来玩个新花样，说不定我还来不及被询问"吃板刀面或吃馄饨"以前，就被他解决了。这些事我倒不怎么害怕，凡是蠢人作出的事我不知道什么叫吓怕的。只是有点儿担心。因为若果这个人做出了这种蠢事，我完了，他跑了，这地方可糟了。地方既属于我那些同乡军官大老管辖，把他们可忙坏了。

我盼望牛保那只小船赶来，也停泊到这个地方，一面可以不用担心，一面还可以同这个有人性的多情水手谈谈。

直等到黄昏，方来了一只邮船，靠着小船下了锚。过不久，邮船那一面有个年轻水手嚷着要支点钱上岸去吃"荤烟"，另一个管事的却不允许，两人便争吵起来了。只听到年轻的那一个呶呶絮语，声音神气简直同大清早上那个牛保一个样子。到后来，这个水手负气，似乎空着个荷包，也仍然上岸过吊脚楼人家去了。过了一会还不见他回船，我很想知道一下他到了那里作些什么事情，就要一个水手为我点上一段废缆，晃着那小小火把，引导我离了船，爬了一段小小山路，到了所谓河街。

五分钟后，我与这个穿绿衣的邮船水手，一同坐到一个人家正屋里火堆旁，默默地在烤火了。面前是一个大油松树根株，正伴同一饼油渣，熊熊地燃着快乐的火焰。间或有人用脚或树枝拨了那么一下，便有好看的火星四散惊起。主人是一个中年妇人，另外还有两个老妇人，虽然向水手提出种种问题，且把关于下河的油价、木价、米价、盐价，一件一件来询问他，他却很散漫地回答，只低下头望着火堆。从那个颈项同肩膊，我认得这个人性格同灵魂，竟完全同早上那个牛保一样。我明白他沉默的理由，一定是船上管事的不给他钱，到岸上来赊烟不到手。他那闷闷不乐的神气，可以说是很妩媚。我心想请他一次客，又不便说出口。到后机会却来了，门开处进来了一个年事极轻的妇人，头上裹着大格子花布首巾，身穿葱绿色土布袄子，系一条蓝色围裙，胸前还绣了一朵小小白花。那年轻妇人把两只手插在围裙里，轻脚轻手进了屋，就站在中年妇人身后。说真话，这个女人真使我有点儿"惊讶"。我似乎在什么地方另一时节见着这样一个人，眼目鼻子皆仿佛十分熟悉。若不是当真在某一处见过，那就必定是在梦里了。公道一点说来，这妇人是个美丽得很的生物！

最先我以为这小妇人是无意中撞来玩玩，听听从下河来的客人谈谈下面事情，安慰安慰自己寂寞的。可是一瞬间，我却明白她是为另一件事而来的了。屋主人要她坐下，她却不肯坐下，只把一双放光的眼睛尽瞅着我，待到我抬起头去望她时，那眼睛却又赶快逃避了。她在一个水手面前一定没有这种羞怯，为这点羞怯我心中有点儿惆怅，引起了点儿怜悯。这怜悯一半给了这个小妇人，却留下一半给我自己。

那邮船水手眼睛为小妇人放了光，很快乐地说：

"夭夭，夭夭，你打扮得真像个观音！"

那女人抿嘴笑着不理会，表示这点阿谀并不稀罕，一会儿方轻轻地说：

"我问你，白师傅的大船到了桃源不到？"

邮船水手回答了，妇人又轻轻地问：

"杨金保的船？"

邮船水手又回答了，妇人又继续问着这个那个。我一面向火一面听他们说话，却在心中计算一件事情。小妇人虽同邮船水手谈到岁暮年末水面上的情形，但一颗心却一定在另外一件事情上驰骋。我几乎本能地就感到了，这个小妇人是正在对我怀着一点傻想头的。不用惊奇，这不是稀奇事情。我们若稍懂人情，就会明白一张为都市所折磨而成的白脸，同一件称身软料细毛衣服，在一个小家碧玉心中所能引起的是一种如何幻想，对目前的事也便不用多提了。

对于身边这个小妇人，也正如先前一时对于身边那个邮船水手一样，我想不出用个什么方法，就可以使这个有了点儿野心与幻想的人,得到她所要得到的东西。其实我在两件事上皆不能再吝啬了,因为我对于他们皆十分同情。但试想想看,倘若这个小妇人所希望的是我本身,我这点同情,会不会引起五千里外另一个人的苦痛?我笑了。

……假若我给这水手一笔钱,让这小妇人同他谈一个整夜?

我正那么计算着,且安排如何来给那个邮船水手钱,使他不至于感觉难为情。忽然听那年轻妇人问道:

"牛保那只船?"

那邮船水手吐了一口气,"牛保的船吗,我们一同上骂娘滩,溜了四次。末后船已上了滩,那拦头的伙计还同他在互骂,且不知为什么互相用篙子乱打乱刮起来,船又溜下滩去了。看那样子不是有一个人落水,就得两个人同时落水。"

有谁发问:"为什么?"

邮船水手感慨似的说:"还不是为那一张×!"

几人听着这件事,皆大笑不已。那年轻小妇人,却长长地吁了一口气。

忽然河街上有个老年人嘶声地喊人:

"夭夭小婊子,小婊子婆,卖×的,你是怎么的,夹着两片小×,一映眼又跑到哪里去了!你来!……"

小妇人听门外街口有人叫她,把小嘴收敛做出一个爱娇的姿势,带着不高兴的神气自言自语说:"叫骡子又叫了。

你就叫吧。夭夭小婊子偷人去了！投河吊颈去了！"咬着下唇很有情致地盯了我一眼，拉开门，放进了一阵寒风，人却冲出去，消失到黑暗中不见了。

那邮船水手望了望小妇人去处那扇大门，自言自语地说："小婊子偏偏嫁老烟鬼，天晓得！"

于是大家便来谈说刚才走去那个小妇人的一切。屋主中年妇人，告给我那小妇人年纪还只十九岁，却为一个年过五十的老兵所占有。老兵原是一个烟鬼，虽占有了她，只要谁有土有财就让床让位。至于小妇人呢，人太年轻了点，对于钱毫无用处，却似乎常常想得很远很远。屋主人且为我解释很远很远那句话的意思，给我证明了先前一时我所感觉到的一件事情的真实。原来这小妇人虽生在不能爱好的环境里，却天生有种爱好的性格。老烟鬼用名分缚着了她的身体，然而那颗心却无从拘束。一只船无意中在码头边停靠了，这只船又恰恰有那么一个年轻男子，一切派头都和水手不同，夭夭那颗心，将如何为这偶然而来的人跳跃！屋主人所说的话增加了我对于这个年轻妇人的关心。我还想多知道一点，请求她告给我，我居然又知道了些不应当写在纸上的事情。到后来，谈起命运，那屋主人沉默了，众人也沉默了。各人眼望着熊熊的柴火，心中玩味着"命运"两个字的意义，而且皆俨然有一点儿痛苦。

我呢，在沉默中体会到一点"人生"的苦味。我不能给那个小妇人什么，也再不作给那水手一点点钱的打算了，我觉得他们的欲望同悲哀都十分神圣，我不配用钱或别的方法渗进他们命运里去，扰乱他们生活上那一份应有的哀乐。

　　下船时，在河边我听到一个人唱《十想郎》小曲，曲调卑陋，声音却清圆悦耳。我知道那是由谁口中唱出且为谁唱的。我站在河边寒风中痴了许久。

辰河小船上的水手

我自从离开了那个水獭皮帽子的朋友以后,独自坐到这只小船上,已闷闷地过了十天。小船前后舱面既十分窄狭,三个水手白日皆各有所事:或者正在吵骂,或者是正在荡桨撑篙,使用手臂之力,使这只小船在结了冰的寒气中前进。有时两个年轻水手即或上岸拉船去了,船前船后又有湿淋淋的缆索牵牵绊绊,打量出去站站,也无时不显得碍手碍脚,很不方便。因此我就只有蜷伏在船舱里,静听水声与船上水手辱骂声,打发了每个日子。

照原定计划,这次旅行来回二十八天的路程,就应当安排二十二个日子到这只小船上。如半途中这小船发生了什么意外障碍，或者就得多四天五天。起先我尽记着水獭皮帽子的朋友"行船莫算，打架莫看"的格言，对于这只小船每日应走多少路，已走多少路，还需要走多少路，从不过问。他们说"应当开头了"，船就开了，他们说"这鬼天气不成，得歇憩烤火"，我自然又听他们歇憩烤火。天气也实在太冷了一点，篙上桨上莫不结了一层薄冰。我的衣袋中，虽还收藏了一张桃源县管理小划子的船总亲手所写"十日包到"的保单，但天气既那么坏，还好意思把这张保单拿出来向掌舵水手说话吗？

我口中虽不说什么，心里却计算到所剩余的日子，真有点儿着急。

可是三个水手中的一人，已看准了我的弱点，且在另外一件事情上，又看准了我另外一项弱点，想出了个两得其利的办法来了。那水手向我说道：

"先生，你着急，是不是？不必为天气发愁。如今落的是雪子，不是刀子。我们弄船人，命里派定了划船，天上纵落刀子也得做事！"

我的坐位正对着船尾，掌舵水手这时正分张两腿，两手握定舵把，一个人字形的姿势对我站定。想起昨天这只小船搁入石罅里，尽三人手足之力还无可奈何时，这人一面对天气咒骂各种野话，一面卸下了裤子向水中跳去的情形，我不由得微喟了一下。我说："天气真坏！"

他见我眉毛聚着便笑了。"天气坏不碍事，只看你先生是不是要我们赶路，想赶快一些，我同伙计们有的是办法！"

我带了点埋怨神气说："不赶路，谁愿意在这个日子里来在河上受活罪？你说有办法，告我看是什么办法！"

"天气冷，我们手脚也硬了。你请我们晚上喝点酒，活活血脉，这船就可以在水面上飞！"

我觉得这个提议很正当，便不追问先划船后喝酒，如何活动血脉的理由，即刻就答应了。我说："好得很，让我们的船飞去吧，欢喜吃什么买什么。"

于是这小船在三个划船人手上，当真俨然一直向辰河上游飞去。经过钓船时就喊买鱼，一拢码头时就用长柄大葫芦满满地装上一葫芦烧酒。沿河两岸连山皆深碧一色，山头常戴了点白雪，河水则清明如玉。在这样一条河水里旅行，望着水光山色，体会水手们在工作上与饮食上的勇敢处，使我在寂寞里不由得不常作微笑！

船停时，真静。一切声音皆为大雪以前的寒气凝结了。只有船底的水声，轻轻地轻轻地流去，使人感觉到它的声音，几乎不是耳朵却只是想象。三个水手把晚饭吃过后，围在后舱钢灶边烤火烘衣。

时间还只五点二十五分，先前一时在长潭中摇橹唱歌的一只大货船，这时也赶到快要靠岸停泊了。只听到许多篙子钉在浅水石头上的声音，且有人大嚷大骂。他们并不是吵架，不过在那里"说话"罢了。这些人说话照例永远得使用个粗野字眼儿，也正同我们使用标点符号一样，倘若忘了加上去，意思也就很容易模糊不清楚了。这样粗野字眼儿的使用，即在父子兄弟间也少不了。可是这些粗人野人，在那吃酸菜臭牛肉说野话的口中，高兴唱起歌来时，所唱的又正是如何美丽动人的歌！

大船靠定岸边后，只听到有一个人在船上大声喊叫：

"金贵，金贵，上岸××去！"

那个名为金贵的水手，似乎正在那只货船舱里鱿鱼海带间，嘶着个嗓子回答说：

"你××去我不来。你娘××××正等着你！"

我那小船上三个默默地烤火烘衣的水手，听到这个对白，便一同笑将起来了。其中之一学着邻船人语气说：

"××去，×你娘的×。大白天像狗一样在滩上爬，晚上好快乐！"

另一个水手就说：

"七老，你要上岸去，你向先生借两角钱也可以上岸去！"

几个人把话继续说下去，便讨论到各个小码头上吃四方饭娘儿们的人材与轶事来了。说及其中一些野妇人悲喜的场面时，真使我十分感动。我再也不能孤独地在舱中坐下了，就爬到那个钢灶边去，同他们坐在一处去烤火。

我搀入那个团体时,询问那个年纪较大的水手:

"掌舵的,我十五块钱包你这只船,一次你可以捞多少!"

"我可以捞多少,先生!我不是这只船的主人,我是个每年二百四十吊钱雇定的舵手,算起来一个月我有两块三角钱,你看看这一次我捞多少!"

我说:"那么,大伙计,你拦头有多少!全船皆得你,难道也是二百四十吊一年吗?"

那一个名为七老的说:"我弄船上行,两块六角钱一次,下行吃白饭!"

"那么,小伙计,你呢?我看你手脚还生疏得很!你昨天差点儿淹坏了,得多吃多喝,把骨头长结实一点点!"

小子听我批评到他的能力就只干笑。掌舵的代他说话:

"先生要你多吃多喝,你不听到吗?这小子看他虽长得同一块发糕一样,其实就只能吃能喝,撇篙子拉纤全不在行!"

"多少钱一月!"我说,"一块钱一月,是不是?"

那个小水手自己笑着开了口,"多少钱一月?十个铜子一天。我还不满师,哪会给我关饷?——×他的娘。天气多坏!"

我在心中打了一下算盘,掌舵的八分钱一天,拦头的一角三分一天,小伙计一分二厘一天。在这个数目下,不问天气如何，这些人莫不皆得从天明起始到天黑为止，做他应分做的事情。遇应当下水时，便即刻跳下水中去。遇应当到滩石上爬行时，也毫不推辞即刻前去。在能用气力时，这些人就毫不吝惜气力打发了每个日子，人老了，或大六月发痧下痢，躺在空船里或太阳下死掉了，一生也就算完事了。这条河中至少有十万个这样过日子的人。想起了这件事情，我轻轻地吁了一口气。

"掌舵的，你在这条河里划了几年船？"

"我至今五十三，十六岁就到了船上。"

三十七年的经验，七百里路的河道，水涨水落河道的变迁，多少滩，多少潭，多少码头，多少石头——是的，凡是那些较大的知名的石头，这个人就无一不能够很清楚地举出它们的名称和故事！划了三十七年的船，还只是孤身一人，把经验与气力每天作八分钱出卖，来在这水上飘泊，这个古怪的人！

"拦头的大伙计，你呢？你划了几年船？"

"我照老法子算，今年三十一岁，在船上五年，在军队里也五年。我是个逃兵，七月里才从贵州开小差回来的！"

这水手结实硬朗处，倒真配作一个兵。那份粗野爽朗处也很像个兵。掌舵的水手人老了，眼睛发花，已不能如年轻人那么手脚灵便，小水手年龄又太小了一点，一切事皆不在行，全船最重要的人物就是他。昨天小船上滩，小水手换篙较慢，被篙子弹入急流里去时，他却一手支持篙子，还能一手把那个小水手捞住，援助上船。上了船后那小子又惊又气，全身湿淋淋的，抱定桅子荷荷大哭。他一面笑骂着种种野话，一面却赶快脱了棉衣单裤给小水手替换。在这小船上他一个人脾气似乎特别大，但可爱处也就似乎特别多。

想起小水手掉到水中被援起以后的样子，以及那个年纪大一点的脱下了裤子给他掉换，光着个下身在空气里弄船的神气，我心中充满了不可言说的感情。我向小水手带笑说："小伙计，你呢？"

那个拦头的水手就笑着说："他吗？只会吃只会哭，做错了事骂两句，还会说点蠢话：'你欺侮我，我用刀子同你拼命！'拿你刀子来切我的××，老子还不见过刀子，怕你！"

小水手说："老子哭你也管不着！"

拦头的水手说："不管你，你还会有命！落了水爬起来，有什么可哭？我不脱下衣来，先生不把你毯子，不冷死你！十五六岁了的人，命好早×出了孩子，动不动就哭，不害羞！"

正说着，邻船上有水手很快乐地用女人窄嗓子唱起曲子，晃着一个火把，上了岸，往半山吊脚楼胡闹去了。

我说："大伙计，你是不是也想上岸去玩玩？要去就去，我这里有的是钱。要几角钱？你太累了，我请客！"

掌舵的老水手听说我请客，赶忙在旁打边鼓儿说："七老，你去，先生请客你就去，两吊钱先生出得起！"

他妩媚地咕咕笑着。我知道那是什么意思，就取了值四吊钱的五角钞票递给他，小水手笑乐着为他把作火炬的废绳燃好。于是推开了篷，这个人就被两个水手推上了岸，也摇晃着个火把，爬上高坎到吊脚楼地方取乐去了。

人走去后，掌舵的水手方把这个人的身世为我详细说出来。原来这个人的履历上，还有十一个月土匪的经验应当添注上去。这个人大白天一面弄船一面吼着说："老子要死了，老子要做土匪去了。"种种独白的理由，我才完全明白了。

我心中以为这个人既到了河街吊脚楼，若不是同那些宽脸大奶子女人在床上去胡闹，必又坐到火炉边，夹杂在一群划船人中间向火①，嚼花生或剥酸柚子吃。那河街照例有屠户，有油盐店，有烟馆，有小客店，还有许多妇人提起竹篾织就的圆烘笼烤手，一见到年轻水手就做眉做眼。还有妇女年纪大些的，鼻梁根扯得通红，太阳穴贴上了膏药，做丑事毫不以为可羞。看中了某一个结实年轻的水手时，只要那水手不讨厌她，还会提了家养母鸡送给水手！那些水手胡闹到

---

① 向火：即烤火。

半夜里回到船上，把缚着脚的母鸡，向舱里同伴热被上抛去，一些在睡梦里被惊醒的同伴，就会喃喃地骂着，"溜子，溜子，你一条××换一只母鸡，老子明早天一亮用刀割了你！"于是各个臭被一角皆起了咕咕的笑声。……

我还正在那个拦头水手行为上，思索到一个可笑的问题，不知道他那么上岸去，由他说来，究竟得到了些什么好处。可是他却出我意料以外，上岸不久又下了河，回到小船上来了。小船上掌艄水手正点了个小油灯，薄薄灯光照着那水手的快乐脸孔。掌艄的向他说：

"七老，怎么的，你就回来了，不同婊子过夜？"

小水手也向他说了一句野话，那小子只把头摇着且微笑着，赶忙解下了他那根腰带。原来他棉袄里藏了一大堆橘子，腰带一解，橘子便在舱板上各处滚去。问他为什么得了那么多橘子，方知道他虽上了岸，却并不胡闹，只到河街上打了个转，在一个小铺子里坐了一会，见有橘子卖，知道我欢喜吃橘子，就把钱全买了橘子带回来了。

我见着他那很有意思的微笑，我知道他这时所作的事，对于他自己感觉如何愉快，我便笑将起来，不说什么了。四个人剥橘子吃时，我要他告给我十一个月作土匪的生活，有些什么可说的事情，让我听听。他就一直把他的故事说到十二点钟。我真像读了一本内容十分新奇的教科书。

天气如所希望的终于放晴了，我同这几个水手在这只小船上已经过了十二个日子。

天既放晴后，小船快要到目的地时，坐在船舱中一角，瞻望澄碧无尽的长流，使我发生无限感慨。十六年以前，河岸两旁黛色庞大石头上，依然是在这样晴朗冬天里，有野莺与画眉鸟从山谷中竹篁里飞出来，在石头上晒太阳，悠然自得地啭唱悦耳的曲子，直到有船近身时，又方始一齐向竹林中飞去。十六年来竹林里的鸟雀，那份从容处，犹如往日一个样子，水上划船人愚蠢朴质勇敢耐劳处，也还相去不远。但这个民族，在这一堆长长日子里，为内战，毒物，饥馑，水灾，如何向堕落与灭亡大路走去，一切人生活习惯，又如何在巨大压力下失去了它原来的纯朴型范，形成一种难于设想的模式！

小船到达我水行的终点浦市时，约在下午四点钟左右。这一个经过昔日的繁荣而衰败了多年的码头，三十年前是这个地方繁荣达到顶点的时代。十六年前地方业已大大衰落，那时节沿河长街的油坊，尚常有三两千新油篓晒在太阳下，沿河七个用青石作成的码头，有一半还停泊了结实高大四橹五舱运油船。此外船只多从下游运来淮盐，布匹，花纱，以及川黔边区所需的洋广杂货。川黔边境由旱路运来的朱砂，水银，苎麻，五倍子，莫不在此交货转载。木材浮江而下时，常常半个河面皆是那种大木筏。本地市面则出炮仗，出印花布，出肥人，出肥猪。河南既异常宽平，码头又特别干净整齐，虽从那些大商号里，寺庙里，都可见出这个商埠在日趋于衰颓，然而一个旅行者来到此地时，一切规模总仍然可得到一个极其动人的印象！街市尽头河下游为一长潭，河上游为一小滩，每当黄昏薄暮，落日沉入大地，天上暮云为落日余晖所烘炙，剩余一片深紫时，大帮货船从上而下，摇船人泊船近岸，在充满了薄雾的河面，浮荡的催橹歌声，又正是一种如何壮丽稀有的歌声！

如今小船到了这个地方后，看看沿河各码头，早已破烂不堪。小船泊定的一个码头，一共有十二只船，除了有一只船载运了方柱形毛铁，一只船载辰溪烟煤，正在那里发签起货外，其他船只似乎已停泊了多日，无货可载。有七只船还在小桅上或竹篙上，悬了一个用竹缆编成的圆圈，作为"此船出卖"的标志。

小船上掌艄水手同拦头水手全上岸去了，只留下小水手守船，我想乘天气还不曾断黑，到长街上去看看这一切衰败了的地方，是不是商店中还能有个把肥胖子。一到街口却碰着了那两个水手，正同个骨瘦如柴的长人在一个商店门前相骂。问问旁人是什么事情，才知道这长子原来是个屠户，争吵的原因只是对于所买的货物分量轻重有所争持。看到他们那么气急败坏大声吵骂无个了结，我就不再走过去了。

下船时，我一个人坐在那小小船只空舱里让黄昏来临，心中只想着一件古怪事情：

"浦市地方屠户也那么瘦小,是谁的责任?希望到这个地面上,还有一群精悍结实的青年,来驾驭钢铁征服自然,这责任应当归谁?"一时自然不会得到任何结论。

箱子岩

十五年以前,我有机会独坐一只小篷船,沿辰河上行,停船的箱子岩脚下。一列青黛崭削的石壁,夹江高矗,被夕阳烘炙成为一个五彩屏障。石壁半腰约百米高的石缝中,有古代巢居者的遗迹,石罅隙间横横地悬撑起无数巨大横梁,暗红色长方形大木柜尚依然好好地搁在木梁上。岩壁断折缺口处,看得见人家茅棚同水码头,上岸喝酒下船过渡人也得从这缺口通过。那一天正是五月十五,河中人过大端阳节。箱子岩洞窟中最美丽的三只龙船,早被乡下人拖出浮在水面上。船只狭而长,船舷描绘有朱红线条,全船坐满了青年桨手,头腰各缠红布。鼓声起处,船便如一支没羽箭,在平静无波的长潭中来去如飞。河身大约一里路宽，两岸皆有人看船，大声呐喊助兴。且有好事者，从后山爬到悬岩顶上去，把"铺地锦"百子鞭炮从高岩上抛下，尽鞭炮在半空中爆裂，形成一团团五彩碎纸云尘。嘭嘭嘭嘭的鞭炮声与水面船中锣鼓声相应和，引起人对于历史回溯发生一种幻想，一点感慨。

当时我心想：多古怪的一切！两千年前那个楚国逐臣屈原，若本身不被放逐，疯疯癫癫来到这种充满了奇异光彩的地方，目击身经这些惊心动魄的景物，两千年来的读书人，或许就没有福分读《九歌》那类文章，中国文学史也就不会如现在的样子了。在这一段长长岁月中，世界上多少民族皆堕落了，衰老了，灭亡了。即如号称东亚大国的一片土地，也已经有过多少次被从西北方沙漠中远来的蛮族，骑了膘壮的马匹，手持强弓硬弩，长枪大戟，到处践踏蹂躏！（辛亥革命前夕，在这苗蛮杂处的一个边镇上，向土民最后一次大规模施行杀戮的统治者，就是一个北方清朝的宗室！辛亥以后，老袁梦想做皇帝时，又有两师北老在这里和滇军作战了大半年。）然而这地方的一切，虽在历史中照样发生不断的杀戮，争夺，以及一到改朝换代时，派人民担负种种不幸命运，死的因此死去，活的被逼迫留发，剪发，在生活上受新朝代种种限制与支配。然而细细一想，这些人根本上又似乎与历史毫无关系。从他们应付生存的方法与排泄感情的娱乐看上来，竟好像今古相同，不分彼此。这时节我所眼见的光景，或许就和两千年前屈原所见的完全一样。

那次我的小船停泊在箱子岩石壁下，附近还有十来只小渔船，大致打鱼人也有玩龙船竞渡的，所以渔船上妇女小孩们，精神无不十分兴奋，各站在尾艄上或船篷上锐声呼喊。其中有几个小孩子，我只担心他们太快乐兴奋了些，会把住家的小船跳沉。

日头落尽云影无光时，两岸渐渐消失在温柔暮色里。两岸看船人吆喝声越来越少，河面被一片紫雾笼罩，除了从锣鼓声中尚能辨别那些龙船方向，此外已别无所见。然而岩壁缺口处却人声嘈杂，且闻有小孩子哭声，有妇女们尖锐叫唤声，综合给人一种悠然不尽的感觉。天气已经夜了，吃饭是正经事。我原先尚以为再等一会儿，那龙船一定就会傍近岩边来休息，被人拖进石窟里，在快乐呼喊中结束这个节日了。谁知过了许久，那种锣鼓声尚在河面飘荡着，表示一班人还不愿意离开小船，回转家中。待到我把晚饭吃过后，爬出舱外一望，呀，天上好一轮圆月。月光下石壁同河面，一切如镀了银，已完全变换了一种调子。岩壁缺口处水码头边，正有人用废竹缆或油柴燃着火燎，火光下只见许多穿白衣人的影子移动。问问船上水手，方知道那些人正把酒食搬移上船，预备分派给龙船上人。原来这些青年人白日里划了一整天船，看船的已慢慢散尽了，划船的还不尽兴，并且谁也不愿意扫兴示弱，先行上岸，因此三只龙船还得在月光下玩个上半夜。

提起这件事，使我重新感到人类文字语言的贫俭。那一派声音，那一种情调，真不是用文字语言可以形容的事情。向一个长年身在城市里住下，以读读《楚辞》就"神往意移"的人，来描绘那月下竞舟的一切，更近于徒然的努力。我可以说的，只是自从我把这次水上所领略的印象保留到心上后，一切书本上的动人记载，全看得平平常常，不至于发生任何惊讶了。这正像我另外一时，看过人类许多不同花样的愚蠢杀戮，对于其余书上叙述到这件事情时，同样不能再给我如何感动。

十五年后我又有了机会乘坐小船沿辰河上行，应当经过箱子岩。我想温习温习那地方给我的印象，就要管船的不问迟早，把小船在箱子岩下停泊。这一天是十二月七号，快要过年的光景。没有太阳的阴沉酿雪天，气候异常寒冷。停船时还只下午三点钟左右，岩壁上藤萝草木叶子多已萎落，显得那一带斑驳岩壁十分瘦削。悬岩高处红木柜，只剩下三四具，其余早不知到哪里去了。小船最先泊在岩壁下洞窟边，冬天水落得太多，洞口已离水面两三丈以上，我从石壁裂罅爬上洞口，到搁龙船处看了一下，旧船已不知坏了还是早被水冲去了，只见有四只新船搁在石梁上，船头还贴有鸡血同鸡毛，一望就明白是今年方下水的。出得洞口时，见岩下左边泊定五只渔船,有几个老渔婆缩颈敛手在船头寒风中修补渔网。上船后觉得这样子太冷落了,可不是个办法,就又要船上水手为我把小船撑到岩壁断折处有人家地方去,就便上岸,看看乡下人过年以前是什么光景。

四点钟左右,黄昏已逐渐腐蚀了山峦与树石轮廓,占领了屋角隅。我独自坐在一家小饭铺柴火边烤火。我默默地望着那个火光煜煜的枯树根,在我脚边很快乐地燃着,爆炸出轻微的声音。铺子里人来来往往,有些说两句话又走了,有些就来镶在我身边长凳上,坐下吸他的旱烟。有些来烘烘脚,把穿着湿草鞋的脚去热灰里乱搅。看看每一个人的脸子,我都发生一种奇异的乡情。这里是一群会寻快乐的正直善良的乡下人,有捕鱼的,打猎的,有船上水手和编制竹缆工人。若我的估计不错,那个坐在我身旁,伸出两只手向火,中指节有个放光顶尖的,肯定还是一位乡村里的成衣人。这些人每到大端阳时节,都得下河去玩一整天的龙船。平常日子特别是隆冬严寒天气,却在这个地方,按照一种分定,很简单地把日子过下去。每日看过往船只摇橹扬帆来去,看落日同水鸟。虽然也同样有人事上的得失,到恩怨纠纷成一团时,就陆续发生庆贺或仇杀。然而从整个说来,这些人生活却仿佛同"自然"已相融合,很从容地各在那里尽其性命之理,与其他无生命物质一样,惟在日月升降寒暑交替中放射,分解。而且在这种过程中,人是如何渺小的东西,这些人比起世界上任何哲人,也似乎还更知道得多一些。

听他们谈了许久,我心中有点忧郁起来了。这些不辜负自然的人,与自然妥协,对历史毫无担负,活在这无人知道的地方。另外尚有一批人,与自然毫不妥协,想出种种方法来支配自然,违反自然的习惯,同样也那么尽寒暑交替,看日月升降。然而后者却在慢慢改变历史,创造历史。一份新的日月,行将消灭旧的一切。我们用什么方法,就可以使这些人心中感觉一种对"明天"的"惶恐",且放弃过去对自然和平的态度,重新来一股劲儿,用划龙船的精神活下去?这些人在娱乐上的狂热,就证明这种狂热能换个方向,就可使他们还配在世界上占据一片土地,活得更愉快更长久一些。不过有什么方法,可以改造这些人的狂热到一件新的竞争方面去,可是个费思索的问题。

一个跛脚青年人,手中提了一个老虎牌新桅灯,灯罩光光的,洒着摇着从外面走进了屋子。许多人见了他都同声叫唤起来:"什长,你发财回来了!好个灯!"

那跛子年纪虽很轻,脸上却刻画了一种兵油子的油气与骄气,在乡下人中仿佛身份特高一层。把灯搁在木桌上,大洋洋地坐近火边来,拉开两腿摊出两只大手烘火,满不高兴地说:"碰鬼,运气坏,什么都完了。"

"船上老八说你发了财,瞒我们。怕我们开借。"

"发了财,哼。用得着瞒你们?本钱去七角,桃源行市只一块零,除了上下开销,二百两货有什么捞头,我问你。"

这个人接着且连骂带唱地说起桃源后江娘儿们种种有趣的情形,使得一般人活泼兴奋起来。话说得正有兴味时,一个人来找他,说:"什长,猪蹄髈炖好了,酒已热好了。"他搓搓手,说声有偏各位,提起那个新桅灯就走了。

原来这个青年汉子,是个打鱼人的独生子。三年前被省城里募兵委员看中了招去,训练了三个月,就开到江西边境去同共产党打仗。打了半年仗,一班兄弟中只剩下他一个人好好地活着,奉令调回后防招募新军补充时,他因此升了班长。第二次又训练三个月,再开到前线去打仗。于是碎了一只腿,抬回省中军医院诊治,照规矩这只腿得用锯子锯去。一群同乡都以为从辰州地方出来的家乡人,"辰州符"比截割高明得多了,信他个洋办法像话吗?就把他从医院中抢出,在外边用老办法找人敷水药治疗。说也古怪,不到三个月,那只腿居然不必截割,全好了。战争是个什么东西他也明白了。取得了本营证明,领得了些伤兵抚恤费后,于是回到家乡来,用什长名义受同乡恭维,又用伤兵名义作点特别生意①。这生意也就正是有人可以赚钱,有人可以犯法,政府也设局收税,也制定法律禁止,又可以杀头,又可以发财,那种从各方面说来都似乎极有出息的生意。我想弄明白

---

① 指做鸦片生意。

那什长的年龄，从那个当地唯一成衣人口中，方知道这什长今年还只二十一岁。那成衣人还说：

"这小子看事有眼睛，做事有魄力，瘸了一只腿，还会一月一个来回下常德府，吃喝玩乐发财走好运。若两只腿全弄坏，那就更好了。"

有个水手插口说："这是什么话。"

"什么画，壁上挂。穷人打光棍，一只腿打坏了不顶事。如两只腿全打坏了，他就不会卖烟土走私赚了钱，再到桃源县后江玩花姑娘了！"

成衣人末后一句打趣话，把大家都弄笑了。

回船时，我一个人坐在灌满冷气的小小船舱中，屈指计算那什长年龄，二十一岁减十五，得到个数目是六。我记起十五年前那个夜里一切光景，那落日返照，那狭长而描绘朱红线条的船只，那锣鼓与热情兴奋的呼喊……尤其是临近几只小渔船上欢乐跳掷的小孩子，其中一定就有一个今晚我所见到的跛脚什长。唉，历史是多么古怪的事物，生硬性痈疽的人，照旧式治疗方法，可用一星一点毒药敷上，尽它溃烂，到溃烂净尽时，再用药物使新的肌肉生长，人也就恢复健康了。这跛脚什长，我对他的印象虽异常恶劣，想起他就是一个可以溃烂这乡村居民灵魂的人物，不由人不寄托一种幻想……

二十年前澧州镇守使王正雅部队一个平常马夫，姓贺名龙，兵乱时，一菜刀切下了一个散兵的头颅，二十年后就得惊动三省集中十万军队来解决这马夫。谁个人会注意这小小节目，谁个人想象得到人类历史是用什么写成的！

五个军官与一个煤矿工人

辰河弄船人有两句口号,旅行者无人不十分熟习。那口号是:"走尽天下路,难过辰溪渡。"事实上辰溪渡也并不怎样难过,不过弄船人所见不广,用纵横长约千里路一条辰河与七个支流小河作准,因此说出那么两句天真话罢了。地险人蛮却为一件事实。但那个地方,任何时节实在是一个令人神往倾心的美丽地方。

辰溪县的位置,恰在两条河流的交汇处,小小石头城临水倚山,建立在河口滩脚崖壁上。河水深到三丈尚清可见底。河面长年来往着湘黔边境各种形体美丽的船只。山头为石灰岩,无论晴雨,总可见到烧石灰的人窑上飘扬的青烟与白烟。房屋多黑瓦白墙，接瓦连椽紧密如精巧图案。对河与小山城成犄角，上游是一个三角形小阜，阜上有修船造船的干坞与宽坪。位在下游一点，则为一个三角形黑色山岨，濒河拔峰，山脚一面接受了沅水激流的冲刷，一面被麻阳河长流的淘洗，岩石玲珑透空。半山有个壮丽辉煌的庙宇，名"丹山寺"，庙宇外岩石间且有成千大小不一的浮雕石佛。太平无事的日子，每逢佳节良辰，当地驻防长官，县知事，小乡绅及商会主席，税局头目，便乘小船过渡到那个庙宇里饮酒赋诗或玩牌下棋。在那个悬岩半空的庙里，可以眺望上行船的白帆，听下行船摇橹人唱歌。街市尽头下游便是一个长潭，名"斤丝潭"，历来传说水深到放一斤丝线才能到底。两岸皆五色石壁，矗立如屏障一般。长潭中日夜必有成百只打鱼船，载满了黑色沉默的鱼鹰，浮在河面取鱼。小船挹流而渡，艰难处与美丽处实在可以平分。

地方又出煤炭，是湘西著名产煤区。似乎无处无煤，故山前山后随处可见到用土法开掘的煤井。沿河两岸都常有运煤船停泊。码头间无时不有若干黑脸黑手脚汉子，把大块烟煤运送到船上，向船舱中抛去。若过一个取煤斜井边去，就可见到无数同样黑脸黑手脚人物，全身光裸，腰前围一片破布，头上戴一盏小灯，向那个俨若地狱的黑井爬进爬出。矿坑随时皆可以坍陷或被水灌入，坍了，淹了，这些到地狱讨生活的人自然也就完事了。

矿区同小山城各驻扎了相当军队。七年前，有一天晚上，一名哨兵扛了枪支，正从一个废弃了的煤井前面经过，忽然从黑暗里跃出了一个煤矿工人，一菜刀把那个哨兵头颅劈成两片。这煤矿工人很敏捷地把枪支同子弹取下后，便就近埋藏在煤渣里，哨兵尸身被拖到那个浸了半井黑水的煤井边，冬的一声抛下去了。这个哨兵失了踪，军营里当初还以为人开了小差，照例下令各处通缉。直等到两个半月以后，尸身为人在无意中发现时，那个狡猾强悍的煤矿工人，在辰溪与芷江两县交界处的土匪队伍中称小舵把子，干打家劫舍捉肥羊的生涯已多日了。

三年后，这煤矿工人带领了约两千穷人，又在一种十分敏捷的手段下，占领了那个辰溪的小山城。防军受了相当损失，把其余部队集中在对河产煤区，准备反攻。一切船只不是逃往下游便是被防军扣留，河面一无所有，异常安静。上下行商船一律停顿到上下三五十里码头上，最美观的木筏也不能在河面见着了。两岸煤矿全停顿了，烧石灰人也逃走了。白日里静悄悄的，只间或还可听到一两声哨兵放冷枪声音。每日黄昏里及天明前后，两方面都担心敌人渡河袭击，便各在河边燃了大大的火堆，且把机关枪毕毕剥剥地放了又放。当机关枪如拍簸箕那么反复作响时，一些逃亡在山坳里的平民，以及被约束在一个空油坊里的煤矿工人，便各在沉默里，从枪声方面估计两方的得失。多数人虽明白这战争不出一个月必可结束，落草为寇的仍然逃入深山，驻防的仍然收复了原有防地。但这战事一延长，两方面的牺牲，谁也就不能估计得到了。

每次机关枪的响声下，照例必有防军方面渡江奇袭的船只过河。照例是五个八个一伙伏在船舱里，把水湿棉絮同砂包垒积到船头与船旁，乘黄昏天晓薄雾平铺江面时挹流偷渡。船只在沉默里行将到达岸边时，在强烈的手电筒搜索中被发现了，于是响了机关枪。船只仍然不顾一切在沉默中向岸边划去。再过一会，訇的一声，从船上掷出的手榴弹已抛到岸边哨兵防御工事边。接着两方面皆响起了机关枪，手榴弹也继续爆炸着。再过一阵，枪声已停止，很显然的，渡河的在猛烈炮火下，地势不利失败了。这些人或连同船只沉到水中去了，或已拢岸却依然在悬崖下牺牲了，或被炮火所逼，船中人死亡将尽，剩余一个两个受了伤，尽船只向下游漂去，在五里外的长潭中，方有机会靠拢自己防地那一个岸边。

半月以内，防军在渡头上下三里前后牺牲了大约有三连实力，与三十七只大小船只。到后却有五个教导团的年轻学兵，在大雨中带了五支自动步枪，一堆手榴弹，三支连槽，用竹筏渡河，拢岸时，首先占领了土匪沿河一个重要码头，其余竹筏陆续渡河，从占领处上了岸。在一场剧烈凶猛的巷战中，那矿工统率的穷人队伍不能支持，在街头街尾一些公共建筑各处放了火,便带了残余部众,绑着县长同几个当地绅士,向东乡逃跑了。

三个月内,防军在继续追剿中,解决了那个队伍全部的实力,肉票也皆被夺回了。但那个矿工出身土匪首领的漏网,却成为地方当局忧虑不安的事情。到后来虽悬赏探听明白了他的踪迹,却无方法可以诱出逮捕。

五个青年教导团学兵,那时节业已毕业,升了各连的见习,尚未归连。就请求上司允许他们冒一次险,且向上司说明这冒险的计划。

七天以后,辰溪沅州两县边境名为"窑上"的地方,一个制砖人小饭铺里,就有五个人吃饭。五个人全作贵州商人装束,其中有四个各扛了小扁担,扛了担贵州出产的松皮纸。只一人挑了一担有盖箩筐。这制砖人年纪已开六十岁,早为防军侦探明白是那个矿工的通信联络人。年轻人把饭吃过后,几人便互相商量到一件事情。所说的话自然就是故意让那老头子从一旁听去的话,这时节几个人正装扮成为一群从黔省来投靠那矿工的零伙,箩筐里白米下放的是一支已拆散了的捷克式机关枪同若干发子弹。箩筐中真是那玩意儿!几人一面说,一面埋怨这次来到里的冒昧处。一片谎话把那个老奸巨猾的心说动了后,那老的搭讪着问了些闲话,相信几人真是来卖身投靠的同道了,就说他会卜课。他为卜了一课,那卦上说,若找人,等等向西方走去,一定可以遇到一个他们所要见的人。等待几人离开了饭铺向西走去时，制砖人早把这个消息递给了另一方面。两方面都十分得意，以为对面的一个上了套。

因此几个人不久就同一个"管事"在街口会了面。稍稍一谈，把箩筐盖甩去一看，机关枪赫然在箩筐里。管事的再不能有何种疑虑了。就邀约五个人入山去见"龙头"，吃血酒发誓，此后便祸福与共，一同作梁山上弟兄。几个年轻人却说"光棍心多，请莫见怪"，以为最好倒是约"龙头"来窑上吃血酒发誓，再共同入山。管事的走去后，几个人就依然住在窑上制砖人家里等候消息。

第二天，那个机智结实矿工，带领四个散伙弟兄来到了窑上，见面后，很亲热地一谈，见得十分投契，点了香烛，杀了鸡，把鸡血开始与烧酒调和，各人正预备喝下时，在非常敏捷的行为中，五个年轻人各从身边取出了手枪同小宝（解首刀）动起手来，几个从山中来的豹子，在措手不及情形中全被放翻了。那矿工最先手臂和大腿各中了一枪，早躺在地下血泊里，等到其他几个人倒下时，那矿工就冷冷地向那五个年轻人笑着说：

"弟兄，弟兄，你们手脚真麻利！慢一会儿，就应归你们躺到这里了。我早就看穿了你们的诡计，明白你们是从哪儿来的卖客，好胆量！"

几个年轻人不说什么，在沉默里把那些被放翻在地下的人，首级一一割下。轮到矿工时，那矿工仍然十分沉静地说：

"弟兄，弟兄，不要尽做蠢事，留一个活口，你们好回去报功！"

五个年轻人心想，真应该留一个活的，好去报功！就不说什么，把他捆绑起来。

一会儿，五个年轻人便押了受伤的矿工，且勒迫那个制砖的老头子挑了四个人头，沉默地一列回辰溪县了。走到去辰溪不远的白羊河时，几人上了一只小船。

船到了辰溪上游约三里路，那个受伤的矿工又开了口：

"弟兄，弟兄，一切是命。你们运气好，手面子快，好牌被你们抓上手了。那河边煤井旁，我还埋了四支连槽，爽性助和你们，你们谁同我去拿来吧。"

那煤矿原来去山脚不远，来回有二十分钟就可以了事。五个年轻人对于这提议毫不疑惑。矿工既已身受重伤，无法逃遁，四支连槽照市价值一千块钱，引起了几个年轻人的幻想，商量派谁守船都不成，于是五个人就又押了那个受伤矿工与制砖老头子，一同上了岸。走近一个废坑边，那矿工却说，枪支就埋在坑前左边一堆煤滓里。正当几个人争着去翻动煤滓寻取枪支时，矿工一瘸一拐地走近了那个业已废弃多年的矿井边，声音朗朗地从容地说道：

"弟兄，弟兄，对不起，你们送了我那么多远路，有劳有偏了!"

话一说完,猛然向那深井里跃去。几个人赶忙抢到井边时,只听到冬的一声,那矿工便完事了。

五个青年人呆了许久,骂了许久,皆觉得被骗了一次,白忙了一回。那废井深约四十公尺,有一半已灌了水。七年前那个哨兵,就是被矿工从这个井口抛下去的。

在另外一个篇章里,我不是曾经说过我抵辰州时,第一天就见着五个少年军官吗?当他们和我共同围坐在一个火炉边,向我说到他们的冒险,和那矿工临死前那分镇静时,我简直呆了。我问他们,为什么当时不派个人拉那矿工的绳子。

"拉他的绳子吗,你真说得好。当真拉住他,谁拉他谁不就同时被他带下井去了吗?"说这个话的年轻朋友,原来就正是当时被派定看守矿工的一个,为了忙于发现埋藏的手枪,幸而不至于被拉下井的。

老　伴

我平日想到泸溪县时，回忆中就浸透了摇船人催橹的歌声，且被印象中一点儿小雨，仿佛把心也弄湿了。这地方在我生活史中占了一个位置，提起来真使我又痛苦又快乐。

泸溪县城界于辰州与浦市两地中间，上距浦市六十里，下达辰州也恰好六十里。四面是山，对河的高山逼近河边，壁立拔峰，河水在山峡中流去。县城位置在洞河与沅水汇流处，小河泊船贴近城边，大河泊船去城约三分之一里（洞河通称小河，沅水通称大河）。洞河来源远在苗乡，河口长年停泊了五十只左右小小黑色洞河船。弄船者有短小精悍的花帕苗，头包格子花帕，腰围短短裙子。有白面秀气的所里①人，说话时温文尔雅，一张口又善于唱歌。洞河既水急山高，河身转折极多，上行船到此已不适宜于借风使帆。凡入洞河的船只，到了此地，便把风帆约成一束，作上个特别记号，寄存于城中店铺里去，等待载货下行时，再来取用。由辰州开行的沅水商船，六十里为一大站，停靠泸溪为必然的事。浦市下行船若预定当天赶不到辰州，也多在此过夜。然而上下两个大码头把生意全已抢去，每天虽有若干船只到此停泊，小城中商业却清淡异常。沿大河一方面，一个稍稍像样的青石码头也没有。船只停靠都得在泥滩与泥堤下，落了小雨，上岸下船不知要滑倒多少人！

十七年前的七月里，我带了"投笔从戎"的味儿，在一个"龙头大哥"兼"保安司令"的带领下，随同八百乡亲，乘了从高村抓封得到的三十来只大小船舶，浮江而下，来到了这个地方。靠岸停泊时正当傍晚，紫绛山头为落日镀上一层金色，乳色薄雾在河面流动。船只拢岸时摇船人照例促橹长歌，那歌声糅合了庄严与瑰丽，在当前景象中，真是一曲不可形容的音乐。

第二天，大队船只全向下游开拔去了，抛下了三只小船不曾移动。两只小船装的是旧棉军服，另一只小船，却装了十三名补充兵，全船中人年龄最大的一个十九岁，极小的一

---

① 所里：地名，即今吉首。

个十三岁。

十三个人在船上实在太挤了。船既不开动，天气又正热，挤在船上也会中暑发瘟。因此许多人白日里尽光身泡在长河清流中，到了夜里，便爬上泥堤去睡觉。一群小子身上全是空无所有，只从城边船户人家讨来一大捆稻草，各自扎了一个草枕，在泥堤上仰面躺了五个夜晚。

这件事对于我个人不是一个坏经验。躺在尚有些微余热的泥土上，身贴大地，仰面向天，看尾部闪放宝蓝色光辉的萤火虫匆匆促促飞过头顶。沿河是细碎人语声，蒲扇拍打声，与烟杆剥剥的敲着船舷声。半夜后天空有流星曳了长长的光明下坠。滩声长流，如对历史有所陈诉埋怨。这一种夜景，实在为我终身不能忘掉的夜景！

到后落雨了，各人竞上了小船。白日太长，无法排遣，各自赤了双脚，冒着小雨，从烂泥里走进县城街上去观光。大街头江西人经营的布铺，铺柜中坐了白发皤然老妇人，庄严沉默如一尊古佛。大老板无事可作，只腆着肚皮，叉着两手，把脚拉开成为八字，站在门限边对街上檐溜出神。窄巷里石板砌成的行人道上，小孩子扛了大而朴质的雨伞，响着寂寞的钉鞋声。待到回船时，各人身上业已湿透，就各自把衣服从身上脱下，站在船头相互帮忙拧去雨水。天晚了，便满船是呛人的油气与柴烟。

在十三个伙伴中我有两个极要好的朋友。其中一个是我的同宗兄弟，名叫沈万林。年纪顶大，与那个在常德府开旅馆头戴水獭皮帽子的朋友，原来同在一个中营游击衙门里服务当差，终日栽花养金鱼，事情倒也从容悠闲。只是和上面管事头目合不来。忽然对职务厌烦起来，把管他的头目打了一顿，自己也被打了一顿，因此就与我们作了同伴。其次是那个年纪顶轻的，名字就叫"开明"，一个赵姓成衣人的独生子，为人伶俐勇敢，稀有少见。家中虽盼望他能承继先人之业，他却梦想作个上尉副官，头戴金边帽子，斜斜佩上条红色值星带，站在副官处台阶上骂差弁，以为十分神气。因此同家中吵闹了一次，负气出了门，这小孩子年纪虽小，心可不小！同我们到县城街上转了三次，就看中了一个绒线铺的和他年龄差不多的女孩子，问我借钱向那女孩子买了三次白棉线草鞋带子。他虽买了不少带子，那时节其实连一双多余的草鞋都没有，把带子买得同我们回转船上时，他且说："将来若作了副官，当天赌咒，一定要回来讨那女孩子做媳妇。"那女孩子名叫"小翠"，我写《边城》故事时，弄渡船的外孙女，明慧温柔的品性，就从那绒线铺小女孩印象而来。我们各人对于这女孩子印象似乎都极好，不过当时却只有他一个人特别勇敢天真，好意思把那一点糊涂希望说出口来。

　　日子过去了三年，我那十三个同伴，有三个人由驻防地的辰州请假回家去，走到泸溪县境驿路上，出了意外的事情，各被土匪砍了二十余刀，流一摊血倒在大路旁死掉了。死去的三人中，有一个就是我那同宗兄弟。我因此得到了暂时还家的机会。

那时节军队正预备从鄂西开过四川就食，部队中好些年轻人一律被遣送回籍。那保安司令官意思就在让各人的父母负点儿责：以为一切是命的，不妨打发小孩子再归营报到，担心小孩子生死的，自然就不必再来了。

我于是和那个伙伴并其他二十多个年轻人，一同挤在一只小船中，还了家乡。小船上行到泸溪县停泊时，虽已黑夜，两人还进城去拍打那人家的店门，从那个女孩手中买了一次白带子。

到家不久，这小子大约不忘却作副官的好处，借故说假期已满，同成衣人爸爸又大吵了一架，偷了些钱，独自走下辰州了。我因家中无事可作，不辞危险也坐船下了辰州。我到得辰州老参将衙门报到时，方知道本军部队四千人，业已于四天前全部开拔过四川，所有相熟伙伴也完全走尽了。我们已不能过四川，改成为留守部人员。留守部只剩下一个上尉军需官，一个老年上校副官长，一个跛脚中校副官，以及两班新刷下来的老弱兵士。开明被派作勤务兵，我的职务为司书生，两人皆在留守部继续供职。两人既受那个副官长管辖，老军官见我们终日坐在衙门里梧桐树下唱山歌，以为我们应找点正经事做做，就想出个巧办法，派遣两人到附近城外荷塘里去为他钓蛤蟆。两人一面钓蛤蟆一面谈天，我方知道他下行时居然又到那绒线铺买了一次带子。我们把蛤蟆从水荡中钓来，剥了皮洗刷得干干净净后，用麻线捆着那东西小脚，成串提转衙门时，老军官就加上作料，把一半熏了下酒，剩下一半还托同乡带回家中去给老太太享受。我们这种工作一直延长到秋天，才换了另外一种。

过了约一年，有一天，川边来了个特急电报：部队集中驻扎在一个湖北边上来凤小县城里，正预备拉夫派捐回湘，忽然当地切齿发狂的平民，受当地神兵煽动，秘密约定由神兵带头打先锋，发生了民变，各自拿了菜刀、镰刀、撇麻砍柴刀，大清早分头猛扑各个驻军庙宇和祠堂来同军队作战。四千军队在措手不及情形中，一早上就放翻了三千左右。总部中除那个保安司令官同一个副官侥幸脱逃外，其余所有高级官佐职员全被民兵砍倒了（事后闻平民死去约七千，半年内小城中随处还可发现白骨）。这通电报在我命运上有了个转机，过不久，我就领了三个月遣散费，离开辰州，走到出产香草香花的芷江县，每天拿了个紫色木戳，过各屠桌边验猪羊税去了。所有八个伙伴已在川边死去，至于那个同买带子同钓蛤蟆的朋友呢，消息当然从此也就断绝了。

整整过去十七年后，我的小船又在落日黄昏中，到了这个地方停靠下来。冬天水落了些，河水去堤岸已显得很远，裸露出一大片干枯泥滩。长堤上有枯苇刷刷作响，阴背地方还可看到些白色残雪。

石头城恰当日落一方,雉堞与城楼皆为夕阳落处的黄天,衬出明明朗朗的轮廓。每一个山头仍然镀上了金,满河是橹歌浮动(就是那使我灵魂轻举永远赞美不尽的歌声)!我站在船头,思索到一件旧事,追忆及几个旧人。黄昏来临,开始占领了整个空间。远近船只全只剩下一些模糊轮廓,长堤上有一堆一堆人影子移动,邻近船上炒菜落锅声音与小孩哭声杂然并陈。忽然间,城门边响了一声卖糖人的小锣,"铛……"

一双发光乌黑的眼珠,一条直直的鼻子,一张小口,从那一槌小锣声中重现出来。我忘了这份长长岁月在人事上所发生的变化,恰同小说书本上角色一样,怀了不可形容的童心,上了堤岸进了城。城中接瓦连椽的小小房子,以及住在这小房子里的本城人民,我似乎与他们都十分相熟。时间虽已过了十七年,我还能认识城中的路道,辨别城中的气味。

我居然没有错误,不久就走到了那绒线铺门前了。恰好有个船上人来买棉线;当他推门进去时,我紧跟着进了那个铺子。有这样稀奇的事情吗?我见到的不正是那个女孩吗?我真惊讶得说不出话来。十七年前那小女孩就成天站在铺柜里一堵棉纱边,两手反复交换动作挽她的棉线,目前我所见到的，还是那么一个样子。难道我如浮士德①一样，当真回到了那个"过去"了吗？我认识那眼睛，鼻子，和薄薄小嘴。我毫不含糊，敢肯定现在的这一个就是当年的那一个。

"要什么呀？"就是那声音，也似乎极其熟悉。

我指定悬在钩上一束白色东西，"我要那个！"

如今真轮到我这老军务来购买系草鞋的白棉纱带子了！当那女孩子站在一个小凳子上，去为我取钩上货物时，铺柜里火盆中有茶壶沸水声音，某一处有人吸烟声音。女孩子辫发上缠的是一绺白绒线，我心想："死了爸爸还是死了妈妈？"火盆边茶水沸了起来，小槅扇门后面有个男子哑声说话：

"小翠，小翠，水开了，你怎么的？"女孩子虽已即刻很轻捷灵便地跳下凳子，把水罐挪开，那男子却仍然走出来了。

真没有再使我惊讶的事了，在黄晕晕的煤油灯光下，我原来又见到了那成衣人的独生子！这人简直可说是一个老人，很显然的，时间同鸦片烟已毁了他。但不管时间同鸦片烟在这男子脸上刻下了什么记号，我还是一眼就认定这人便是那一再来到这铺子里购买带子的赵开明。从他那点神气看

---

① 浮士德：欧洲中世纪传说中人物，德国作家歌德著诗剧《浮士德》的主人公。

来，却决猜不出面前的主顾，正是同他钓蛤蟆的老伴。这人虽作不成副官，另一糊涂希望可终究被他达到了。我憬然觉悟他与这一家人的关系，且明白那个似乎永远年轻的女孩子是谁的女儿了。我被"时间"意识猛烈地捆了一巴掌，摩摩我的面颊，一句话不说，静静地站在那儿看两父女度量带子，验看点数我给他的钱。完事时，我想多停顿一会，又借故买了点白糖，他们虽不卖白糖，老伴却十分热心出门为我向别一铺子把糖买来。他们那份安于现状的神气，使我觉得若用我身份惊动了他，就真是我的罪过。

我拿了那个小小包儿出城时，天已断黑，在泥堤上乱走。天上有一粒极大星子，闪耀着柔和悦目的光明。我瞅定这一粒星子，目不旁瞬。

"这星光从空间到地球据说就得三千年，阅历多些，它那么镇静有它的道理。我现在还只三十岁刚过头，能那么镇静吗？……"

我心中似乎极其混乱，我想我的混乱是不合理的。我的脚正踏到十七年前所躺卧的泥堤上，一颗心跳跃着，勉强按捺也不能约束自己。可是，过去的，有人能拦住不让它过去，又有谁能制止不许它再来？时间使我的心在各种变动人事上感受了点分量不同的压力，我得沉默，得忍受。再过十七年，安知道我不再到这小城中来？世界虽极广大，人可总像近于一种凫命，限制在一定范围内，经验到他的过去相熟的事情。

　　为了这再来的春天，我有点忧郁，有点寂寞。黑暗河面起了缥缈快乐的橹歌。河中心一只商船正想靠码头停泊。歌声在黑暗中流动，从歌声里我俨然彻悟了什么。我明白"我不应当翻阅历史，温习历史"。在历史前面，谁人能够不感惆怅？

　　但我这次回来为的是什么？自己询问自己，我笑了。我还愿意再活十七年，重来看看我能看到难于想象的一切。

虎雏再遇记

四年前我在上海时,曾经做过一次荒唐的打算,想把一个年龄只十四岁,生长在边陬僻壤小豹子一般的乡下人,用最文明的方法试来造就他。虽事在当日,就经那小子的上司预言,以为我一切设计将等于白费,所有美好的设想,到头必不免落空,我却仍然不可动摇地按照计划作去。我把那小子放在身边,勒迫他读书,打量改造他的身体改造他的心,希望他在我教育下将来成个知识界伟人。谁知不到一个月,就出了意外事情,那理想中的伟人,在上海滩生事打坏了一个人,从此便失踪了。一切水得归到海里,小豹子也只宜于深山大泽方能发展他的生命。我明白闹出了乱子以后,他必有他的生路。对于这个人此后的消息，老实说，数年来我就不大再关心了。但每当我想及自己所作那件傻事时，总不免为自己的傻处发笑。①

这次湘行到达辰州后，我第一个见到的就是那只小豹子。除了手脚身个子长大了一些，眉眼还是那么有精神，有野性。见他时，我真是又惊又喜。当他把我从一间放满了兰草与茉莉的花房里引过，走进我哥哥住的一间大房里去，安置我在火盆边大柚木椅上坐下时，我一开口就说：

"祖送，祖送，你还活在这儿，我以为你在上海早被人打死了！"

他有点害羞似的微笑了，一面为我倒茶一面却轻轻地说：

"打不死的，日晒雨淋吃小米包谷长大的人，哪会轻易给人打死！"

我说："我早知道你打不死，而且你还一定打死了人。我一切都知道。（说到这里时，我装成一切清清楚楚的神气。）你逃了，我明白你是什么诡计。你为的是不愿意跟在我身边好好读书，只想落草为王，故意生事逃走。可是你害得我们多难受！那教你算学的长胡子先生，自从你失踪后，

---

① 沈从文曾以这段经历为题材，写成短篇小说《虎雏》，主人公虎雏即文中提到的那个年龄十四岁的"小豹子"。

他在上海各处托人打听你,奔跑了三天,为你差点儿不累倒!"

"那山羊胡子先生找我吗?"

"什么,'山羊胡子先生'!"这字眼儿真用得不雅相,不斯文。被他那么一说,我预备要说的话也接不下去了。

可是我看看他那双大手以及右手腕上那个夹金表,就明白我如今正是同一个大兵说话,并不是同四年前那个"虎雏"说话了。我错了,得纠正自己。于是我模仿粗暴,笑了一下,且学作军官们气魄向他说:

"我问你,你为什么打死人,怎么又逃了回来?不许瞒我一字,全为我好好说出来!"

他仍然很害羞似的微笑着,告给我那件事情的一切经过。旧事重提,虽然在他这种人并不什么习惯,因此不多久,他就把话改到目前一切来了。他告我上一个月在铜仁方面的战事,本军死了多少人。且告我乡下种种情形,家中种种情形。谈了大约一点钟,我那哥哥穿了他新作的宝蓝缎面银狐长袍,夹了一大卷京沪报纸,口中嘘嘘吹着奇异调门,从军官朋友家里谈论政治回来了,我们的谈话方始中断。

到我生长的那个石头城苗乡里去,我的路程应当还有四个日子,两天坐原来那只小船,两天还坐了小而简陋的山轿,走一段长长的山路。在船上虽一切陌生,我还可以用点钱使划船的人同我亲热起来。而且各个码头吊脚楼的风味,永远又使我感觉十分新鲜。至于这样严冬腊月，坐两整天的轿子，路上过关越卡，且得经过几处出过杀人流血案子的地方，第一个晚上，又必需在一个最坏的站头上歇脚，若没有熟人，可真有点儿麻烦了。吃晚饭时，我向我那个哥哥提议，借这个副爷送我一趟。因此第二天上路时，这小豹子就同我一起上了路。临行时哥哥别的不说，只嘱咐他"不许同人打架"。看那样子，就可知道"打架"还是这个年轻人唯一的快乐行业。

在船上我得了同他对面谈话的方便，方知道他原来八岁里就用石头从高处砸坏了一个比他大过五岁的敌人。上海那件事发生时，在他面前倒下的，算算已是第三个了。近四年来因为跟随我那上校弟弟驻防溆浦，派归特务连服务，于是在正当决斗情形中，倒在他面前的敌人数目比从前又增加了一倍。他年纪到如今只十八岁，就亲手放翻了六个敌人，而且照他说来，敌人全超过了他一大把年龄。好一个漂亮战士！这小子大致因为还有点怕我，所以在我面前还装得怪斯文，一句野话不说，一点蛮气不露，单从那样子看来，我就不很相信他能同什么人动手，而且一动手必占上风。

船上他一切在行，篙桨皆能使用，做事时灵便敏捷，似乎比那个小水手还得力。船搁了浅，弄船人无法可想，各跳入急水中去扛船时，他也就把上下衣服脱得光光的，跳到水中去帮忙（我得提一句，这是十二月！）。

照风气，一个体面军官的随从，应有下列几样东西：一个奇异牌的手电灯，一枚金手表，一支匣子炮。且同上司一样，身上军服必异常整齐。手电灯用来照路，内地真少不了它。金手表则当军官发问："护兵，什么时候了？"就举起手看一看来回答。至于匣子炮，用处自然更多了。我那弟弟原是一个射击选手，每天出野外去，随时皆有目标啪地来那么一下。有时自己不动手，必命令勤务兵试试看（他们每次出门至少得耗去半夹子弹）。但这小豹子既跟在我身边，带枪上路除了惹祸可以说毫无用处。我既不必防人刺杀，同时也无意打人一枪，故临行时我不让他佩枪，且要他把军服换上一套爱国呢中山装。解除了武装，看样子，他已完全不像个军人，只近于一个喜事好弄的中学生了。

我不曾经提到过，我这次回来，原是翻阅一本用人事组成的历史吗？当他跳下水去扛船时，我记起四年前他在上海与我同住的情形。当时我曾假想他过四年后能入大学一年级。现在呢，这个人却正同船上水手一样，为了帮水手忙扛船不动，又湿淋淋地攀着船舷爬上了船，捏定篙子向急水中乱打，且笑嘻嘻地大声喊嚷。我在船舱里静静地望着他，我心想：幸好我那荒唐打算有了岔儿，既不曾把他的身体用学校锢定，也不曾把他的性灵用书本锢定。这人一定要这样发展才像个人！他目前一切，比起住在城里大学校的大学生，开运动会时在场子中呐喊吃喝两声，饭后打打球，开学日集合好事同学通力合作折磨折磨新学生,派头可来得大多了。

等到船已挪动水手皆上了船时,我喊他:

"祖送,祖送,唉唉,你不冷吗?快穿起你的衣来!"

他一面舞动手中那支篙子,一面却说:

"冷呀,我们在辰州前些日子还邀人泅过大河!"

到应吃午饭时,水手无空闲,船上烧水煮饭的事完全由他作。

把饭吃过后,想起临行时哥哥嘱咐他的话,要他详详细细地来告给我那一点把对手放翻时的"经验",以及事前事后的"感想"。"故事"上半天已说过了,我要明白的只是那些故事对于他本人的"意义"。我在他那种叙述上,我敢说我当真学了一门稀奇的功课。

他的坦白,他的口才,皆帮助我认识一个人一颗心在特殊环境下所有的式样。他虽一再犯罪却不应受何种惩罚。他并不比他的敌人如何强悍,不过只是能忍耐,知等待机会,且稍稍敏捷准确一点儿罢了。当他一个人被欺侮时,他并不即刻发作,他显得很老实,沉默,且常常和气地微笑。"大爷,你老哥要这样,还有什么话说吗?谁敢碰你老哥?请老哥海涵一点……"可是,一会儿,"小宝"飕地抽出来,或是一板凳一柴块打去,这"老哥"在措手不及情形中,哽了一声便被他弄翻了。完事后必需跑的自然就一跑,不管是税卡,是营上,或是修械厂,到一个新地方,住在棚里闲着,有什么就吃什么，不吃也饿得起，一见别人做事，就赶快帮忙去做，用勤快溜刷①引起头目的注意。直到补了名字，因此把生活又放在一个新的境遇新的门路上当作赌注押去。这个人打去打来总不离开军队，一点生存勇气的来源却亏得他家祖父是个为国殉职的游击。"将门之子"的意识，使他到任何境遇里皆能支撑能忍受。他知道游击同团长名分差不多，他希望作团长。他记得一句格言："万丈高楼平地起"，他因此永远能用起码名分在军队里混。

对于这个人的性格我不稀奇，因为这种性格从三厅屯垦军子弟中随处可以发现。我只稀奇他的命运。

小船到辰河著名的"箱子岩"上游一点，河面起了风，小船拉起一面风帆，在长潭中溜去。我正同他谈及那老游击在台湾与日本人作战殉职的遗事，且劝他此后忍耐一点，应把生命押在将来对外战争上，不宜于仅为小小事情轻生决斗。想要他明白私斗一则不算脚色，二则妨碍事业。见他把头低下去，长长地叹了一口气，我以为所说的话有了点儿影响，心中觉得十分快乐。

经过一个江村时，有个跑差军人身穿军服斜背单刀正从一只方头渡船上过渡，一见我们的小船，装载极轻，走得很快，就喊我们停船，想搭便船上行。船上水手知道包船人的

---

① 溜刷：湘西方言，敏捷之意。

身份，就告给那军人，说不方便，不能停船。

赶差军人可不成，非要我们停船不可。说了些恐吓话，水手还是不理会。我正想告给水手要他收帆停船，让那个军人搭坐搭坐，谁知那军人性急火大，等不得停船，已大声辱骂起来了。小豹子原蹲在船舱里，这时方爬出去打招呼：

"弟兄，弟兄，对不起，请不要骂！我们船小，也得赶路。后面有船来，你搭后面那一只船吧。"

那一边看看船上是一个中学生样子人物，就说：

"什么对不起，赶快停停！掌舵的，你不停船我×你的娘，到码头时我要用刀杀你这狗杂种！"

那个掌艄人正因为风紧帆饱，一面把帆绳拉着，一面就轻轻地回骂："你杀我个鸡公，我怕你！"

小豹子却依然向那军人很和气地说："弟兄，弟兄，你不要骂人！全是出门人，不要开口就骂人！"

"我要骂人怎么样，我骂你，我就骂你，……你到码头等我！"

我担心这口舌，便喊叫他："祖送！"

小豹子被那军人折辱了，似乎记起我的劝告，一句话不说，摇摇头，默然钻进了船舱里，只自言自语地说："开口就骂人，不停船就用刀吓人，直丢我们军人的丑。"

那时节跑差军人已从渡船上了岸，还沿河追着我们的小船大骂。

我说:"祖送,你同他说明白一下好些,他有公事我们有私事,同是队伍里的人,请他莫骂我们,莫追我们。"

"不讲道理让他去,不管他。他疑心这小船上有女人,以为我们怕他!"

小船挂帆走风,到底比岸上人快一些,一会儿,转过山岨时,那个军人就落后了。

小船停到××时,水手全上岸买菜去了,小豹子也上岸买菜去了,各人去了许久方回来。把晚饭吃过后,三个水手又说得上岸有点事,想离开船,小豹子说:

"你们怕那个横蛮兵士找来,怕什么?不要走,一切有我!这是大码头,有部队驻扎在这里,凡事得讲个道理!"

几个船上人虽分辩,仍然一同匆匆上岸去了。

到了半夜水手们还不回来睡觉,我有点儿担心,小豹子只是笑。我说:

"几个人别叫那横蛮军人打了,祖送,你上去找找看!"

他好像很有把握笑着说:"让他们去,莫理他们。他们上烟馆同大脚妇人吃荤烟去了,不会挨打。"

"我担心你同那兵士打架,惹了祸真麻烦我。"

他不说什么,只把手电灯照他手上的金表,大约因为表停了,轻轻地骂了两句野话。待到三个水手回转船上时,已半夜过了。

第二天一早,天还未大明,船还不开头,小豹子就在被

中咕喽咕喽笑。我问他笑些什么,他说:

"我夜里做梦,居然被那横蛮军人打了一顿。"

我说:"梦由心造,明明白白是你昨天日里想打他,所以做梦就挨打。"

那小豹子睡眼迷蒙地说:"不是日里想打他,只是昨天煞黑时当真打了那家伙一顿!"

"当真吗?你不听我话,又闹乱子打架了吗?"

"哪里哪里,我不会同谁打什么架!"

"你自己承认的,我面前可说谎不得!你说谎我不要你跟我。"

他知道他露了口风,把话说走,就不再作声了,咕咕笑将起来。原来昨天上岸买菜时,他就在一个客店里找着了那军人,把那军人嘴巴打歪,并且差一点儿把那军人膀子也弄断了。我方明白他昨天上岸买菜去了许久的理由。

一个爱惜鼻子的朋友

民国十三年①，湘西统治者陈渠珍②，受了点"五四"余波的影响，并对于联省自治抱了幻想，在保靖办了个湘西十三县联合中学校，教师全是由长沙聘请来的，经费由各县分摊，学生由各县选送。那学校位置在城外一个小小山丘上，清澈透明的酉水，在西边绕山脚流去，滩声入耳，使人神气壮旺。对河有一带长岭，名野猪坡，高约七八里，局势雄强（翻岭有条官路可通永顺）。岭上土地、丛林与洞穴，为烧山

---

① 为民国十一年之误，作者在后来的版本中作了校正。
② 陈渠珍：湘西麻阳县人，20世纪20年代初至抗战前，任湘西镇守使，人称"湘西王"。

种田人同野兽大蛇所割据。一到晚上,虎豹就傍近种山田的人家来吃小猪,从小猪锐声叫喊里,还可知道虎豹跑去的方向(这大虫有时白天"昂"地一吼,夹河两岸山谷回声必响应许久)。种田人也常常拿了刀叉火器,以及种种家伙,往树林山洞中去寻觅,用绳网捕捉大蛇,用毒烟熏取野兽。岭上最多的是野猪,喜欢偷吃山田中的包谷和白薯,为山中人真正的仇敌。正因为对付这个无限制的损害农作物的仇敌,岭上打锣击鼓猎野猪的事,也就成为一种常有的工作,一种常有的游戏了。学校前面有个大操场,后边同左侧皆为荒坟同林莽,白日里野狗成群结队在林莽中游行,或各自蹲坐在荒坟头上眺望野景,见人不惊不惧。天阴月黑的夜里,这畜生就把鼻子贴着地面长嗥,招呼同伴,掘挖新坟,争夺死尸咀嚼。与学校小山丘遥遥相对,相去不到半里路另一山丘中凹地,是当地驻军的修械厂,机轮轧轧声音终日不息,试枪处每天可听到机关枪迫击炮的响声。新校舍的建筑,因为由军人监工,所有课堂宿舍的形式与布置,同营房差不多。学生所过的日子,也就有些同军营相近。学校中当差的用两班徒手兵士,校门守卫的用一排武装兵士,管厨房宿舍的全由部中军佐调用。在这种环境中陶冶的青年学生,将来的命运,不能够如一般中学生那么平安平凡,一看也就显然明白了。

当时那些青年中学生,除了星期日例假,可以到城里城外一条正街和小街上买点东西，或爬山下水玩玩，此外就不许无故外出。不读书时他们就在大操场里踢踢球，这游戏新鲜而且活泼，倒很适宜于一群野性中学生。过不久，这游戏且成为一种有传染性的风习，使军部里一些青年官佐也受传染影响了。学生虽不能出门，青年官佐却随时可以来校中赛球。大家又不需要什么规则，只是把一个球各处乱踢，因此参加的人也毫无限制。我那时节在营上并无固定职务，正寄食于一个表兄弟处，白日里常随同号兵过河边去吹号，晚上就蜷伏在军装处一堆旧棉军服上睡觉。有一次被人邀去学校踢球，跟着那些青年学生吼吼嚷嚷满场子奔跑，他们上课去了，我还一个人那么玩下去。学校初办，四周还无围墙，只用有刺铁丝网拦住，什么人把球踢出了界外时，得请野地里看牛牧羊人把球抛过来，不然就得出校门绕路去拾球。自从我一作了这个学校踢球的清客后，爬铁丝网拾球的事便派归给我。我很高兴当着他们面前来作这件事，事虽并不怎么困难，不过那些学生却怕处罚，不敢如此放肆，我的行为于是成为英雄行为了。我因此认识了许多朋友。

朋友中有三个同乡，一个姓杨，本城高枧乡下地主的独生子。一个姓韩，我的旧上司的儿子（就是辰州府总爷巷第一支队司令部留守处那个派我每天钓蛤蟆下酒的老军官的儿子）。一个姓印，眼睛有点近视。他的父亲曾作过军部参谋长，因此在学校他俨然是个自由人。前两个人都很用心读书，姓印的可算得是个球迷。任何人邀他踢球，他必高兴奉陪，球离他不管多远，他总得赶去踢那么一脚。每到星期天，军营中有人往沿河下游四里的教练营大操场同学兵玩球时，这个人也必参加热闹。大操场里极多牛粪，有一次同人争球，见牛粪也拼命一脚踢去，弄得另一个全身一塌糊涂。这朋友眼睛不能辨别面前的皮球同牛粪，心地可雪亮透明。体力身材皆不如人，倒有个很好的脑子。玩虽玩得厉害，应月考时各种功课皆有极好成绩。性情诙谐而快乐，并且富于应变之才，因此全校一切正当活动少不了他，大家得亲昵地称呼他为"印瞎子"，承认他的聪明，同时也断定他会"短命"。

每到有人说他寿命不永时，他便指定自己的鼻子："大爷，别损我。我有这条鼻子，活到八十八，也无灾无难！"

有一次，几个人在一株大树下言志，讨论到各人将来的事业。姓杨的想办团防，因为作了团总就可以不受人敲诈，倒真是个地主的好打算。姓韩的想作副官长，原因是他爸爸也作过副官长，所谓承先人之业是也。还有想管"常平仓"的，想作县公署第一科长的，想作苗守备官下苗乡去称王作霸的，以及想作徐良、黄天霸，身穿夜行衣，反手接飞镖，以便打富济贫的。

有人询问那个近视眼，想知道他将来准备作什么。

他伸手出去对那个发问人打了个响榧子，"不要小看我印瞎子,我不像你他那么无出息。我要做个伟人!说大话不算数,你们等着瞧吧。看相的王半仙夸奖我这条鼻子是一条龙,赵匡胤黄袍加身,不儿戏!"他说了他的抱负后,转脸向我,用手指着他自己那条鼻子,有点众人不识英雄的神气,"大爷,你瞧,你说老实话,像我这样一条鼻子,送过当铺去,不是也可以当个一千八百吗?"

我忙笑着说:"值得值得!"但因为想起另外一件事,不由得大笑起来了。

另一时他同我过渡,预备往野猪坡大岭上去看乡下人新捕获的大豹子,手中无钱,不能给撑渡船的钱。船快拢岸时他就那么说:"划船的,伍子胥落难的故事你明白不明白?"

撑渡船的就说:"我明白!"

"你明白很好。你认准我这条鼻子,将来有你的好处。"

那弄船的好像知道是什么事了,却也指着自己鼻子说:"少爷,不带钱不要紧,你也认清我这鼻子!"

"我认得,我认得,不会忘记。这是朱砂鼻子,按相书说主酒食,你一天能喝多少?我下次同你来喝个大醉罢。"

弄船的大约也很得意自己那条鼻子,听人提到它便很妩媚地微笑了。那鼻子,直透红得像条刚从饭锅里捞出的香肠!

……

至于我当时的志向呢,因为就过去经验说来,我只能各处流转接受个人应得的一份命运,既无事业可作,还能希望什么好生活。不过我很明白"时间"这个东西十分古怪。一切人一切事都会在时间下被改变,当前的安排也许不大对,有了小小错处,不大合理,我很愿意尽一份时间来把世界同世界上的人改造一下看看。我并不计划作苗官,又不能从鼻子眼睛上什么特点增加多少自信。我不看重鼻子,不相信命运,不承认目前形势,却尊敬时间。我不大在生活上的得失关心,却了然时间对这个世界同我个人的严重意义。我愿意好好地结结实实地来作一个人,可说不出将来我要作个什么样的人。因此一来,我当时也就算不得是个有志气的人。

民国十三年川军熊克武①率领廿万大军从湘西过境,保靖地方发生了一场混战,各种主要建设全受军事影响毁掉了,那个学校在我们撤退时也被一把火烧尽了。学生各自散走后,有的成了小学教员,有的从了军,有几个还干脆作了土匪,占山落草称大王,把家中童养媳接上山去圆亲充押寨夫人。我那时已到北京,从家信中得来一点点关于他们的消息,认为很自然也很有意思。时间正在改造一切,尽强健的爬起,尽懦怯的灭亡。我在这一分岁月中,变动得比那些小同乡还更厉害,他们作的事我毫不出奇,毫不惊讶。

---

① 熊克武:四川人,早年加入同盟会,辛亥革命后,曾任川军第五师师长、川东讨袁军司令、四川督军等职。

到了民国十六年,革命军北伐攻下武汉后,两湖方面党的势力无处不被浸入。小县小城无不建立了党的组织,当地小学教员照例十分积极成为党的中坚分子。烧木偶,除迷信,领导小学生开会游行,对本地土豪劣绅刻薄商人主张严加惩罚,打庙里菩萨破除迷信,便是小县城党部重要工作。当地防军头目同县知事,处处事事受党的挟制,虽有实力却不敢随便说话。那个姓杨的同姓韩的朋友,适在本县作小学教员。两人在这个小小县城里,居然燃烧了自己的血液,在这一种莫名其妙的情形中,成了党的台柱。加上了个姓刘的特派员的支持,一切事都毫无顾忌,放手作去。工作的狂热,代为证明他们对这个问题认识得还如何天真。必然的变化来了,各处清党运动相继而起。军事领袖得到了惩罚活动分子的密令,十分客气把两个人从课室中请去县里开会,刚到会场就宣布省里指示,剥了他们的衣服,派一排兵士簇拥出西门城外砍了。

那个近视眼朋友,北伐军刚到湖南,就入长沙党务学校受训练,到北伐军奠定武汉,长江下游军事也渐渐得手时,他也成为毛委员的小助手,身穿了一件破烂军服,每日跟随着委员各处跑,日子过得充满了狂热与兴奋。他当真有意识在做候补"伟人"了。这朋友从卅×军政治部一个同乡处,知道我还困守在北京城,只是白日作梦,想用一支笔奋斗下去,打出个天下,就写了个信给我:

大爷，你真是条好汉！可是做好汉也有许多地方许多事业等着你，为什么尽捏紧那支笔？你记不记得起老朋友那条鼻子？不要再在北京城写什么小说，世界上已没有人再想看你那种小说了。到武汉来找老朋友，看看老朋友怎么过日子罢！你放心，想唱戏，一来就有你戏唱。从前我用脚踢牛屎，现在一切不同了，我可以踢许多许多东西了。……

他一定料想不到这一封信就差点儿把我踢入北京城的监狱里。收到这信后我被查公寓的宪警麻烦了四五次，询问了许多蠢话，抖气把那封信烧了。我当时信也不回他一个。我心想："你不妨依旧相信你那条鼻子，我也不妨仍然迷信我这一只手，等等看，过两年再说罢。"不久宁汉左右分裂，清党事起，万个青年人就从此失了踪，不知道往什么地方去了。我在武汉一些好朋友，如顾千里、张采真……也从此在人间消失了。这个朋友的消息自然再也得不到了。

……

我听许多人说及北伐时代两湖青年对革命的狂热。我对于政治缺少应有理解，也并无有兴味，然而对于这种民族的狂热感情却怀着敬重与惊奇。这究竟是怎么回事？我愿意多知道一点点。估计到这种狂热虽用人血洗过了，被时间漂过了，现在回去看看，大致已看不出什么痕迹了。然而我还以为即或"人性善忘",也许从一些人的欢乐或恐怖印象里，多多少少还可以发现一点对我说来还可说是极新的东西。回湖南时，因此抱了一种希望。

在长沙有五个同乡青年学生来找我，在常德时我又见着七个同乡青年学生，一谈话就知道这些人一面正被"杀人屠户"提倡的读经打拳政策所困惑，不知如何是好；一面且受几年来国内各种大报小报文坛消息所欺骗，都成了颓废不振萎琐庸俗的人物，一见我别的不说，就提出四十多个"文坛消息"要我代为证明真伪。都不打算到本身能为社会做什么，愿为社会做什么。对生存既毫无信仰，却对于三五稍稍知名或善于卖弄招摇的作家那么发生浓厚兴味。且皆想做"诗人"，随随便便写两首诗，以为就是一条出路。从这些人推测将来这个地方的命运，我俨然洞烛着这地方从人的心灵到每一件小事的糜烂与腐蚀。这些青年皆患精神上的营养不足，皆成了绵羊，皆怕鬼信神。一句话，全完了。……

过辰州时几个青年军官燃起了我另外一种希望。从他们的个别谈话中，我得到许多可贵的见识。他们没有信仰，更没有幻想，最缺少的还是那个精神方面的快乐。当前严重的事实紧紧束缚他们，军费不足，地方经济枯竭，环境尤其恶劣。他们明白自己在腐烂，分解，于我面前就毫不掩饰个人的苦闷。他们明白一切，却无力解决一切。然而他们的身体都很康健，那种本身覆灭的忧虑，会迫得他们去振作。他们虽无幻想，也许会在无路可走时候受一个幻想的指导。他们因为已明白习惯的统治方式要不得，机会若许可他们向前，这些人界于生存与灭亡之间，必知有所选择！不过这些人平时也看报看杂志，因此到时他们也会自杀，以为一切毫无希望，用颓废身心的狂嫖滥赌而自杀！……

我的旅行到了离终点还有一天路程的塔伏，住在一家桥头小客店里。洗了脚，天还未黑。店主人正告给我当地有多少人家，多少烟馆。忽然听得桥东人声嘈杂，小队人马过后，接着是一乘京式三顶拐轿子。一行人等停顿在另外一家客店门前。我知道大约是什么委员，心中就希望这委员是个熟人，可以在这荒寒小地方谈谈。我正想派随从虎雏去问问委员是谁。料不到那个人一下轿，脸还不洗，就走来了。一个匣子炮护兵指定我说："您姓沈吗？局长来了！"我看到一个高个子瘦人，脸上精神饱满，戴了副玳瑁边近视眼镜，站在我面前，伸出两只瘦手来表示要握手的意思。我还不及开口，他就嚷着说：

"大爷，你不认识我，你一定不认识我，你看这个！"他指着鼻子哈哈大笑起来。

"你不是印瞎子？"

"大爷，印瞎子是我！"

我认识那条体面鼻子，原来真是他！我高兴极了。问起来我才明白他现在是乌宿①地方的百货捐局长,这时节正押解捐款回城。未到这里以前,先已得到侦探报告,知道有个从北方来姓沈的人在前面,他就断定是我。一见当真是我,他的高兴可想而知。

我们一直谈到吃晚饭,饭后他说我们可以谈一个晚上,派护兵把他宝贵的烟具拿来。装置烟具的提篮异常精致,真可以说是件贵重美术品。烟具陈列妥当后,因为我对于烟具的赞美,他就告我这些东西的来源,那两支烟枪是贵州省主席李晓炎的,烟灯是川军将领汤子模的,烟匣是黔省军长王文化的,打火石是云南鸡足山……原来就是这些小东西,也各有历史或艺术价值,也是古董。至于提篮呢,还是贵州省一个烟帮首领特别定做送给局长的,试翻转篮底一看原来还很精巧地织得有几个字!问他为什么会玩这个,他就老老实实地说明,北伐以后他对于鼻子的信仰已失去,因为吸这个,方不至于被人认为那个,胡乱捉去那个这个的。说时他把一只手比拟在他自己颈项上,做出个咔嚓一刀的姿势,且摇头否认这个解决方法,他说他不是阿Q,不欢喜这种"热闹"。

我们于是在这一套名贵烟具旁谈了一整晚话,当真好像

---

① 乌宿:地名,属沅陵县。

读了另外一本《天方夜谭》①,一夜之间使我增长了许多知识,这些知识可谓稀有少见。

此后把话讨论到他身上那件玄狐袍子的价钱时,他甩起长袍一角,用手抚摸着那美丽皮毛说:

"大爷,这值三百六十块袁头②,好得很!人家说:'瞎子,瞎子,你年纪还不到三十岁,穿这样厚狐皮会烧坏你那把骨头。'好吧,烧得坏就让他烧坏罢。我这性命横顺是捡来的,不穿不吃作什么。能多活三十年,这三十年也算是我多赚的。"

我把这次旅行观察所得同他谈及,问他是不是也感觉到一种风雨欲来的预兆。而且问他既然明白当前的一切,对于那个明日必需如何安排。他就说军队里混不是个办法,占山落草也不是出路。他想写小说,想戒了烟,把这套有历史的宝贝烟具送给中央博物院,再跟我过上海混,同茅盾老舍抢一下命运。他说他对于脑子还有点把握。只是对于自己那只手,倒有点怀疑,因为六年来除了举起烟枪对准火口,小楷字也不写一张了。

天亮后大家预备一同动身,我约他到城里时邀两个朋友过姓杨姓韩的坟上看看。他仿佛吃了一惊,赶忙退后一步,

---

① 《天方夜谭》:《一千零一夜》的旧译,阿拉伯著名民间故事集。
② 袁头:即有袁世凯头像的银圆。

"大爷，你以为我戒了烟吗？家中老婆不许我戒烟。你真是……从京里来的人，简直是个京派。什么都不明白。入境问俗，你真是……"我明白他的意思。估计他到城里，也不敢独自来找我。我住在故乡三天，这个很可爱的朋友，果然不再同我见面。

……

一九四〇年一月二十一日校后二节。黄昏，天空淡白，山树如黛。微风摇曳加利树①，如有所悟。

五月八日校正数处。脚甚肿痛，天闷热。

十月一日在昆明重校。时市区大轰炸，毁屋数百栋。

一九八〇年一月兆和校毕。

---

① 加利树：应为尤加利树之误，即桉树。

滕回生堂的今昔

我六岁左右时害了疳疾,一张脸黄姜姜的,一出门身背后就有人喊"猴子猴子"。回过头去搜寻时,人家就咧着白牙齿向我发笑。扑拢去打吧,人多得很,装作不曾听见吧,那与本地人的品德不相称。我很羞愧,很生气。家中外祖母听从庸妇、挑水人、卖炭人与隔邻轿行老妇人出主意,于是轮流要我吃热灰里焙过的"偷油婆"、"使君子",吞雷打枣子木的炭粉,黄纸符烧的灰渣,诸如此类药物,另外还逼我诱我吃了许多古怪东西。我虽然把这些很稀奇的丹方试了又试,蛔虫成绞成团地排出,病还是不得好,人还是不能够发胖。照习惯说来,凡为一切药物治不好的病,便同"命运"

有关。家中有人想起了我的命运,当然不乐观。

关心我命运的父亲,有一天特别请了一个卖卜算命土医生来为我推算流年,想法禳解命根上的灾星。这算命人把我生辰支干排定后,就向我父亲建议:

"大人,少爷属双虎,命大,把少爷拜给一个吃四方饭的人作干儿子,每天要他吃习皮草蒸鸡肝,有半年包你病好。病不好,把我回生堂牌子甩了丢到长河潭里去!"

父亲既是个军人,毫不迟疑地回答说:

"好,就照你说的办。不用找别人,今天日子好,你留在这里喝酒,我们打了干亲家吧。"

两个爽快单纯的人既同在一处,我的"命运"便被他们派定了。

一个人若不明白我那地方的风俗,对于我父亲的慷慨处会觉得稀奇。其实这算命的当时若说:"大人,把少爷拜寄给城外碉堡旁大冬青树吧",我父亲还是会照办的。一株树或一片古怪石头,收容三五十个干儿子,照本地风俗习惯,原是件极平常事情。且有人拜寄牛栏的或拜寄井水的,人神同处日子竟过得十分调和,毫无龃龉。

我那干爹除了算命卖卜以外,原来还是个出名草头医生,又是个拳棒家。尖嘴尖脸如猴子,一双黄眼睛炯炯放光,身材虽极矮小,实可谓心雄万夫。他把铺子开设在一城热闹中心的东门桥头上,字号名"滕回生堂"。那长桥两旁一共有二十四间铺子,其中四间正当桥垛墩,比较宽敞,许多年以前,他就占了有垛墩的一间。住处分前后两进,前面是药铺,后面住家。铺子中罗列有穿山甲、羚羊角、马蜂窠、猴头、虎骨、牛黄、狗宝,无一不备。最多的还是那几百种草药,成束成把的草根木皮,堆积如山,一屋中也就长年为草药蒸发的香味所笼罩。

铺子里间房子窗口临河,可以俯瞰河里来去的柴炭船、米船、甘蔗船。河身下游约半里,有了转折,因此迎面对窗便是一座高山,那山头春夏之际作绿色,秋天作黄色,冬天为烟雾包裹时作蓝色,为雪遮盖时只一片眩目白色。屋角隅陈列了各种武器,有青龙偃月刀、齐眉棍、连枷、钉耙。此外还有一个似桶非桶似盆非盆的东西,原来这是我那干爹年轻时节习站功所用的宝贝。他学习拉弓,想把腿脚姿势弄好,每个晚上蜷伏到那木桶里去熬夜。想增加气力,每早从桶中爬出时还得吃一条黄鳝的鲜血。站了木桶两整年,吃了数百条黄鳝,临到应考时,却被一个习武的仇人摘发他身份不明,取消了考试资格。他因此抖气离开了家乡,来到武士荟萃的凤凰县卖卜行医。为人既爽直慷慨,且能喝酒划拳,极得人缘,生涯也就不恶。作了医生还舍不得把那个木桶丢开,可想见他还不能对那宝贝忘情。

他家中有个太太,两个儿子,太太大约一年中有半年皆把手从大袖筒缩到衣里去,藏了个小火笼在衣里烘烤,眯着眼坐在药材中，简直是一只大猫。两个儿子大的学习料理铺子，小的上学读书。两老夫妇住在屋顶，两个儿子住在屋下层桥墩上。地方虽不宽绰，那里也用木板夹好，有小窗小门，不透风，光线且异常良好。桥墩尖劈形处，石罅里有一架老葡萄树，得天独厚，每年皆可结许多球葡萄。另外还有一些小瓦盆，种了牛膝、三七、铁钉台、隔山消等等草药。尤其古怪的是一种名为"罂粟"的草花，还是从云南带来的，开着艳丽煜目的红花，花谢后枝头缀了绿色果子，果子里据说就有鸦片烟。当时本县还不会种鸦片烟，烟土全是云南、贵州来的。

当时一城人谁也没见过这种东西，因此常常有人老远跑来参观。当地一个拔贡还做了两首七律诗，赞咏那个稀奇少见的植物，把诗贴到回生堂武器陈列室板壁上。

桥墩离水面高约四丈，下游即为一潭，潭里多鲤鱼鳜鱼。两兄弟把长绳系个钓钩，挂上一片肉，夜里垂放到水中去，第二天拉起就常常可以得一尾大鱼。但我那干爹却不许他们如此钓鱼，以为那么取巧，不是一个男子汉所当为。虽然那么骂儿子，有时把钓来的鱼不问死活依然掷到河里去，有时也会把鱼煎好来款待客人。他常奖励两个儿子过教场去同兵将子弟寻衅打架，大儿子常常被人打得头破血流回来时，作父亲的一面为他敷那秘制药粉，一面就说："不要紧，不要紧，三天就好了。你怎么不照我教你那个方法把那苗子①放倒?"说时有点生气了,就在儿子额角上一弹,加上一点惩罚,看他那神气,就可明白站木桶考武秀才被屈,报仇雪耻的意识还存在。

我得了这样一个干爹,我的命运自然也就添了一个注脚,便是"吃药"了。我从他那儿大致尝了一百样以上的草药。假若我此后当真能够长生不老,一定便是那时吃药的结果。我倒应当感谢我那个命运,从一分吃药的经验里,因此分别得出许多草药的味道、性质以及它的形状,且引起了我此后对于辨别草木的兴味。其次是我吃了两年多鸡肝。这一堆药材同鸡肝,很显然的,对于此后我的体质同性情都大有影响。

那桥上有洋广杂货店,有猪牛羊屠户案桌,有炮仗铺与成衣铺,有理发馆,有布号与盐号。我既有机会常常到回生堂去看病,也就可以同一切小铺子发生关系。我很满意那个桥头,那是一个社会的雏形,从那方面我明白了各种行业,认识了各样人物,凸了个大肚子胡须满腮的屠户,站在案桌边,扬起大斧嚓地一砍,把肉剁下后随便一称,就猛向人菜篮中掼去,那神气真够神气。平时以为这人一定极其凶横蛮霸,谁知他每天拿了猪脊髓过回生堂来喝酒时,竟是个异常和气的家伙。其余如剃头的、缝衣的,我同他们认识以后,

---

① 苗子:湘西地方对苗族人的轻蔑称呼。

看他们工作，听他们说些故事新闻，也无一不是很有意思。我在那儿真学了不少东西，知道了不少事情。所学所知比从私塾里得来的书本知识当然有趣得多，也有用得多。

那些铺子一到端午时节，就如我写《边城》故事那个情形，河下竞渡龙船，从桥洞下来回过身时，桥上人皆用叉子，挂了小百子边炮悬出吊脚楼，毕毕拍拍地响着。夏天河中涨了水，一看上游流下了一只空船，一匹畜牲，一段树木，这些小商人为了好义或好利的原因，必争着很勇敢地从窗口跃下，浮水去追赶那些东西。不管漂流多远，总得把那东西救出。关于救人的事我那干爹总不落人后。

他只想亲手打一只老虎，但得不到机会。他说他会点血①，但从不见他点过谁的血。

民国二十二年旧历十二月十九，我同那座大桥分别时将近十八年，我又回到了那个桥头了。这是我的故乡，我的学校，试想想，我当时心中怎样激动！离城二十里外我就见着了那条小河，傍着小河溯流而上，沿河绵亘数里的竹林，发蓝垒翠的山峰，白白阳光下造纸坊与制糖坊，水磨与水车，这些东西使我感动得真厉害！后来在一个石头碉堡下，我还看到一个穿号褂的团丁，送了个头裹白孝布的青年妇人过身。那黑脸小嘴高鼻梁青年妇人，使我想起我写的《凤子》

---

① 点血：疑为点穴。

故事中角色。她没有开口唱歌,然而一看却知道这妇人的灵魂是用歌声喂养长大的。我已来到我故事中的空气里了,我有点发痴。环境空气我似乎十分熟悉,事实上一切都已十分陌生。

见大桥时约在下午两点左右,正是市面顶热闹时节。我从一群苗人一群乡下人中挤上了大桥,各处搜寻没有发现"滕回生堂"的牌号。回转家中我并不提起这件事。第二天一早,我得了出门的机会,就又跑到桥上去,排家注意,在桥头南端,被我发现了一家小铺子。铺子中堆满了各样杂货,货物中坐定了一个瘦小如猴干瘪瘪的中年人。从那双眯得极细的小眼睛,我记起了我那个干妈。这不是我那干哥哥是谁?

我冲近他摊子边时,那人就说:

"唉,你要什么?"

"我要问你一个人,一件事,你是不是松林?"

里间孩子哭起来了,顺眼望去,杂货堆里那个圆形大木桶里面,正睡了一对大小相等仿佛孪生的孩子。我万想不到圆木桶还有这种用处。我话也说不来了。

但到后我告给他我是谁,他把小眼睛愣着瞅了我许久,一切弄明白后,便慌张得只是搓手撂舌头,赶忙让我坐到一捆麻上去。

"是你!是茂林!……""茂林"是干爹给我起的名字。

我说:"大哥,正是我!我回来了!老人家呢?"

"五年前早过世了!"

"嫂嫂呢?"

"六月里过去了!剩下两只小狗。"

"保林二哥呢?"

"他在辰州你不见到他?他作了王村禁烟局长,有出息,讨了个乖巧屋里人,乡下买得七十亩田,作员外!"

我各处一看,卦桌不见了,横招不见了,触目全是草药。"你不算命了吗?"

"命在这个人手上。"他说时翘起一个大拇指,"这里人已没有命可算!"

"你不卖药了吗?"

"城里有四个官药铺,三个洋药铺。苗人都进了城,卖草药人多得很,生意不好作!"

他虽说不卖药了,小屋子里其实还有许多成束成捆的草药。而且恰好这时就有个兵士来买"一点白"。把药找出给人后,他只捏着那两枚一百的铜元,同我呆呆地笑。大约来买药的也不多了,我来此给他开了一个利市。

他一面茫然地这样那样数着老话,一面还尽瞅着我。忽然发问:

"你从北京来南京来?"

"我在北平做事!"

"作什么事？在中央，在宣统皇帝手下？"

我就告他既不在中央，也不是宣统手下。他只作成相信不过的神气，点着头，且极力退避到屋角隅去，俨然为了安全非如此不成。他心中一定有一个新名词作祟，"你可是个共产党？"他想问却不敢开口，他怕事。他只轻轻地自言自语说："城里前年杀了两个，一刀一个。那个韩安世是韩老丙儿子。"

有人来购买烟签，他便指点人到对面铺子去买。我问他这桥上铺子为什么都改成了住家户。他就告我，这桥上一共有十家烟馆，十家烟馆里还有三家可以买黄吗啡。此外又还有五家卖烟具的杂货铺。

一出铺子到城边时，我就碰着一个烟帮过身，两连护送兵各背了本地制最新半自动步枪，人马成一个长长队伍，共约三百二十余担黑货，全是从贵州来的。

我原本预备第二天过河边为这长桥摄一个影，留个纪念，一看到桥墩，想起十七年前那钵罂粟花，且同时想起目前那十家烟馆五家烟具店，这桥头的今昔情形，把我照相的勇气同兴味全失去了。

生命印象

"美"字笔画并不多,可是似乎很不容易认识。"爱"字虽人人认识,可是真懂得他意义的人却很少。

我读一本小书同时又读一本大书

　　我能正确记忆到我小时的一切,大约在两岁。我从小到四岁左右,始终健全肥壮如一只小豚。四岁时母亲一面告给我认方字,外祖母一面便给我糖吃,到认完六百生字时,腹中生了蛔虫,弄得黄瘦异常,只得每天用草药蒸鸡肝当饭。那时节我即已跟随了两个姊姊,到一个女先生处上学。那人既是我的亲戚,我年龄又那么小,过那边去念书,坐在书桌边读书的时节较少,坐在她膝上玩的时间或者较多。

　　到六岁时我的弟弟方两岁,两人同时出了疹子,时正六月,日夜皆在吓人高热中受苦,又不能躺下睡觉,一躺下就咳嗽发喘,又不要人抱,抱时全身难受,我还记得我同我那弟弟两人当时皆用竹簟卷好,同春卷一样,竖立在屋中阴凉处。家中人当时业已为我们预备了两具小小棺木,搁在院中廊下,但十分幸运,两人到后居然全好了。我的弟弟病后雇请了一个壮实高大的苗妇人照料,照料得法,他便壮大异常。我因此一病,却完全改了样子,从此不再与肥胖为缘了。

六岁时我已单独上了私塾。如一般风气,凡是私塾中给予小孩子的虐待,我照样也得到了一份。但初上学时我因为在家中业已认字不少,记忆力从小又似乎特别好,故比较其余小孩,可谓十分幸福。第二年后换了一个私塾,在这私塾中我跟从了几个较大的学生,学会了顽劣孩子抵抗顽固塾师的方法,逃避那些书本去同一切自然相亲近。这一年的生活形成了我一生性格与感情的基础。我间或逃学,且一再说谎,掩饰我逃学应受的处罚。我的爸爸因这件事十分愤怒,有一次竟说若再逃学说谎,便当实行砍去我一个手指。我仍然不为这话所恐吓,机会一来时总不把逃学的机会轻轻放过。当我学会了用自己眼睛看世界一切,到一切生活中去生活时,学校对于我便已毫无兴味可言了。

我爸爸平时本极爱我,我曾经有一时还作过我那一家的中心人物。稍稍害点病时,一家人便光着眼睛不即睡眠,在床边服侍我,当我要谁抱时谁就伸出手来。家中那时经济情形很好,我在物质方面所享受到的,比起一般亲戚小孩似乎皆好得多。我的爸爸既一面只作将军的好梦，一面对于我却怀了更大的希望。他仿佛早就看出我不是个军人，不希望我作将军，却告给我祖父的许多勇敢光荣的故事，以及他庚子年间所得的一份经验。他以为我不拘作什么事，总之应比作个将军高些。第一个赞美我明慧的就是我的爸爸。可是当他发现了我成天从塾中逃出到太阳底下同一群小流氓游荡，任何方法都不能拘束这颗小小的心，且不能禁止我狡猾地说谎时，我的行为实在伤了这个军人的心。同时那小我四岁的弟弟，因为看护他的苗妇人照料十分得法，身体养育得强壮异常，年龄虽小，便显得气派宏大，凝静结实，且极自尊自爱，故家中人对我感到失望时，对他便异常关切起来。这小孩子到后来也并不辜负家中人的期望，二十二岁时便作了步兵上校。至于我那个爸爸，却在蒙古，东北，西藏，各处军队中混过，民国二十年时还只是一个上校，把将军希望留在弟弟身上，在家乡从一种极轻微的疾病中便瞑目了。

我有了外面的自由，对于家中的爱护反觉处处受了牵制，因此家中人疏忽了我的生活时，反而似乎使我方便了一些。领导我逃出学塾，尽我到日光下去认识这大千世界微妙的光，稀奇的色，以及万汇百物的动静，这人是我一个张姓表哥。他开始带我到他家中橘柚园中去玩，到各处山上去玩，到各种野孩子堆里去玩，到水边去玩。他教我说谎，用一种谎话对付家中，又用另一种谎话对付学塾，引诱我跟他各处跑去。即或不逃学，学塾为了担心学童下河洗澡，每度中午散学时，照例必在每人手心中用朱笔写一大字，我们尚依然能够一手高举，把身体泡到河水中玩个半天，这方法也亏那表哥想出的。我感情流动而不凝固，一派清波给予我的影响实在不小。我幼小时较美丽的生活，大部分都与水不能分离。我的学校可以说是在水边的。我认识美，学会思索，水对我有极大的关系。我最初与水接近，便是那荒唐表哥领带的。

现在说来，我在作孩子的时代，原本也不是个全不知自重的小孩子。我并不愚蠢。当时在一班表兄弟中和弟兄中，似乎只有我那个哥哥比我聪明，我却比其他一切孩子解事。但自从那表哥教会我逃学后，我便成为毫不自重的人了。在各样教训各样方法管束下，我不欢喜读书的性情，从塾师方面，从家庭方面，从亲戚方面，莫不对于我感觉得无多希望。我的长处到那时只是种种的说谎。我非从学塾逃到外面空气下不可，逃学过后又得逃避处罚，我最先所学，同时拿来致用的，也就是根据各种经验来制作各种谎话。我的心总得为一种新鲜声音，新鲜颜色，新鲜气味而跳。我得认识本人生活以外的生活。我的智慧应当从直接生活上得来，却不须从一本好书一句好话上学来。似乎就只这样一个原因，我在学塾中，逃学记录点数，在当时便比任何一人都高。

离开私塾转入新式小学时，我学的总是学校以外的，到我出外自食其力时,我又不曾在我职务上学好过什么。二十年后我"不安于当前事务,却倾心于现世光色,对于一切成例与观念皆十分怀疑,却常常为人生远景而凝眸",这份性格的形成,便应当溯源于小时在私塾中的逃学习惯。

自从逃学成为习惯后,我除了想方设法逃学,什么也不再关心。

有时天气坏一点,不便出城上山里去玩,逃了学没有什么去处,我就一个人走到城外庙里去,那些庙里总常常有人在殿前廊下绞绳子,织竹簟,做香,我就看他们做事。有人下棋,我看下棋。有人打拳,我看打拳。甚至于相骂,我也看着,看他们如何骂来骂去,如何结果。因为自己既逃学,走到的地方必不能有熟人,所到的必是较远的庙里。到了那里,既无一个熟人,因此什么事皆只好用耳朵去听,眼睛去看,直到看无可看听无可听时,我便应当设计打量我怎么回家去的方法了。

来去学校我得拿一个书篮。逃学时还把书篮挂到手肘上,这就未免太蠢了一点。凡这么办的可以说是不聪明的孩子。许多这种小孩子,因为逃学到各处去,人家一见就认得出,上年纪一点的人见到时就会说:逃学的人,你赶快跑回家挨打去,不要在这里玩。若无书篮可不必受这种教训。因此我们就想出了一个方法,把书篮寄存到一个土地庙里去,那地方无一个人看管,但谁也用不着担心他的书篮。小孩子对于土地神全不缺少必需的敬畏,都信托这木偶,把书篮好好地藏到神座龛子里去,常常同时有五个或八个,到时却各人把各人的拿走,谁也不会乱动旁人的东西。我把书篮放到那地方去,次数是不能记忆了的,照我想来,搁得最多的必定是我。

逃学失败被家中学校任何一方面发觉时,两方面总得各挨一顿打,在学校得自己把板凳搬到孔夫子牌位前,伏在上面受笞。处罚过后还要对孔夫子牌位作一揖,表示忏悔。有时又常常罚跪至一根香时间。我一面被处罚跪在房中的一隅,一面便记着各种事情,想象恰如生了一对翅膀,凭经验飞到各样动人事物上去。按照天气寒暖,想到河中的鳜鱼被钓起离水以后泼剌的情形,想到天上飞满风筝的情形,想到空山中歌呼的黄鹂,想到树木上累累的果实。由于最容易神往到种种屋外东西上去,反而常把处罚的痛苦忘掉,处罚的时间忘掉,直到被唤起以后为止,我就从不曾在被处罚中感觉过小小冤屈。那不是冤屈。我应感谢那种处罚,使我无法同自然接近时,给我一个练习想象的机会。

家中对这件事自然照例不大明白情形,以为只是教师方面太宽的过失,因此又为我换一个教师。我当然不能在这些变动上有什么异议。现在说来我倒又得感谢我的家中,因为先前那个学校比较近些,虽常常绕道上学,终不是个办法,且因绕道过远,把时间耽误太久时,无可托词。现在的学校可真很远很远了，不必包绕偏街，我便应当经过许多有趣味的地方了。从我家中到那个新的学塾里去时，路上我可看到针铺门前永远必有一个老人戴了极大的眼镜，低下头来在那里磨针。又可看到一个伞铺，大门敞开，作伞时十几个学徒一起工作，尽人欣赏。又有皮靴店，大胖子皮匠天热时总腆出一个大而黑的肚皮（上面有一撮毛！），用夹板上鞋。又有剃头铺，任何时节总有人手托一个小小木盘，呆呆地在那里尽剃头师傅刮头。又可看到一家染坊，有强壮多力的苗人，踹在凹形石碾上面，站得高高的，偏左偏右地摇荡。又有三家苗人打豆腐的作坊，小腰白齿头包花帕的苗妇人，时时刻刻口上都轻声唱歌，一面引逗缚在身背后包单里的小苗人，一面用放光的铜勺舀取豆浆。我还必须经过一个豆粉作坊，远远的就可听到骡子推磨隆隆的声音，屋顶棚架上晾满白粉条。我还得经过一些屠户肉案桌，可看到那些新鲜猪肉砍碎时尚在跳动不止。我还得经过一家扎冥器出租花轿的铺子，有白面无常鬼，蓝面魔鬼，鱼龙，轿子，金童玉女，每天且可以从他那里看出有多少人接亲，有多少冥器，那些定做的作品又成就了多少，换了些什么式样，并且还常常停顿一两分钟，看他们贴金，敷粉，涂色。

我就欢喜看那些东西，一面看一面明白了许多事情。

每天上学时，照例手肘上挂了那个竹篮，里面放两本破书，在家中虽不敢不穿鞋，可是一出了大门，即刻就把鞋脱下拿到手上，赤脚向学校走去。不管如何，时间照例是有多余的，因此我总得绕一节路玩玩。若从西城走去，在那边就可看到牢狱，大清早若干人从那方面戴了脚镣从牢中出来，派过衙门去挖土。若从杀人处走过，昨天杀的人还不收尸，一定已被野狗把尸首咋碎或拖到小溪中去了，就走过去看看那个糜碎了的尸体，或拾起一块小小石头，在那个污秽的头颅上敲打一下，或用一木棍去戳戳，看看会动不动。若还有野狗在那里争夺，就预先拾了许多石头放在书篮里，随手一一向野狗抛掷，不再过去，只远远地看看，就走开了。

既然到了溪边，有时候溪中涨了小小的水，就把裤管高卷，书篮顶在头上，一只手扶书篮一只手照料裤子，在沿了城根流去的溪水中走去，直到水深齐膝处为止。学校在北门，我出的是西门，又进南门，再绕从城里大街一直走去。在南门河滩方面我还可以看一阵杀牛，机会好时恰好正看到那老实可怜畜生放倒的情形。因为每天可以看一点点，杀牛的手续同牛内脏的位置不久也就被我完全弄清楚了。再过去一点就是边街，有织簟子的铺子，每天任何时节皆有几个老人坐在门前用厚背的钢刀破篾，有两个小孩子蹲在地上织簟子。（这种事情在学校门边也有，我对于这一行手艺，所明白的种种，现在说来似乎比写字还在行。）又有铁匠铺，制铁炉同风箱皆占据屋中，大门永远敞开着，时间即或再早一些，也可以看到一个小孩子两只手拉着风箱横柄，把整个身子的分量前倾后倒，风箱于是就连续发出一种吼声，火炉上便放出一股臭烟同红光。待到把赤红的热铁拉出搁放到铁砧上时，这个小东西，赶忙舞动细柄铁锤，把铁锤从身背后扬起，在身面前落下，火花四溅地一下一下打着。有时打的是一把刀，有时打的是一件农具。有时看到的又是用一把凿子在未淬水的刀上起去铁皮，有时又是把一条薄薄的钢片嵌进熟铁里去。日子一多，关于任何一件机器的制造秩序我也不会弄错了。边街又有小饭铺，门前有个大竹筒，插满了用竹子削成的筷子，有干鱼同酸菜，用钵头装满放在门前柜台上，引诱主顾上门，意思好像是说："吃我，随便吃我，好吃！"每次我总仔细看看，真所谓过屠门而大嚼。

我最欢喜天上落雨，一落了小雨，若脚下穿的是布鞋，即或天气正当十冬腊月，我也可以用恐怕湿却鞋袜为辞，有理由即刻脱下鞋袜赤脚在街上走路。但最使人开心事，还是落过大雨以后，街上许多地方已被水所浸没，许多地方阴沟中涌出水来，在这些地方照例常常有人不能过身，我却赤着两脚故意向深水中走去。若河中涨了点水，照例上游会漂流的有木头，家具，南瓜同其他东西，就赶快到横跨大河的桥上去看热闹。桥上必已经有人用长绳系了自己的腰身，在桥头上待着，注目水中，有所等待，看到有一段大木或一件值得下水的东西浮来时，就踊身一跃，骑到那树上，或傍近物边，把绳子缚定，自己便快快地向下游岸边泅去。另外几个在岸边的人把水中人援助上岸后，就把绳子拉着，或缠绕到大石上大树上去，于是第二次又有第二人来在桥头上等候。我欢喜看人在洄水里扳罾，巴掌大的活鱼在网中蹦跳。一涨了水照例也就可以看这种有趣味的事情。照家中规矩，一落雨就得穿上钉鞋，我可真不愿意穿那种笨重钉鞋。虽然在半夜时有人从街巷里过身，钉鞋声音实在好听，大白天对于钉鞋我依然毫无兴味。

若在四月落了点小雨，山地里田塍上各处皆是蟋蟀声音，真使人心花怒放。在这些时节，我便觉得学校真没有意思，简直坐不住，总得想方设法逃学上山去捉蟋蟀。有时没有什么东西安置这小东西，就走到那里去，把第一只捉到手后又捉第二只，两只手各有一只后，就听第三只。本地蟋蟀原分春秋二季，春季的多在田间泥里草里，秋季的多在人家附近石罅里瓦砾中，如今既然这东西只在泥层里，故即或两只手心各有一匹小东西后，我总还可以想方设法把第三只从泥土中赶出，看看若比较手中的大些，即开释了手中所有，捕捉新的，如此轮流换去，一整天方捉回两只小虫。城头上有白色炊烟，街巷里有摇铃铛卖煤油的声音，约当下午三点时，赶忙走到一个刻花板的老木匠那里去，很兴奋地同那木匠说：

"师傅师傅，今天可捉了大王来了！"

那木匠便故意装成无动于衷的神气，仍然坐在高凳上玩他的车盘，正眼也不看我地说："不成，要打打得赌点输赢！"

我说："输了替你磨刀成不成？"

"嘿，够了，我不要你磨刀，上次磨凿子还磨坏了我的家伙！"

这不是冤枉我的一句话，我上次的确磨坏了他的一把凿子。不好意思再说磨刀了，我说：

"师傅，那这样办法，你借给我一个瓦盆子，让我自己来试试这两只谁能干些好不好？"我说这话时真怪和气，为的是他以逸待劳，不允许我还是无办法。

那木匠想了想，好像莫可奈何的样子："借盆子得把战败的一只给我，算作租钱。"

我满口答应："那成那成。"

于是他方离开车盘，很慷慨地借给我一个泥罐子，顷刻之间我也就只剩下一只蟋蟀了。这木匠看看我捉来的虫还不坏，必向我提议："我们来比比，你赢了，我借你这泥罐一天；你输了，你把这蟋蟀输给我，办法公平不公平？"我正需要那么一个办法，连说公平公平，于是这木匠进去了一会儿，拿出一只蟋蟀来同我一斗，不消说，三五回合我的自然又败了。他用的蟋蟀照例却常常是我前一天输给他的。那木匠看看我有点颓丧，明白我认识那匹小东西，担心我生气时一摔，一面赶忙收拾盆罐，一面带着鼓励我神气笑笑地说：

"老弟,老弟,明天再来,明天再来!你应当捉好的来,走远一点。明天来,明天来!"

我什么话也不说,微笑着,出了木匠的大门,回家了。

这样一整天在为雨水泡软的田塍上乱跑,回家时常常全身是泥,家中当然一望而知,于是不必多说,沿老例跪一根香,罚关在空房子里,不许哭,不许吃饭。等一会儿我自然可以从姊姊方面得到充饥的东西,悄悄地把东西吃下以后,我也疲倦了,因此空房中即或再冷一点,老鼠来去很多,一会儿就睡着,再也不知道如何上床的事了。

即或在家中那么受折磨,到学校去时又免不了补挨一顿板子,我还是在想逃学时就逃学,决不为经验所恐吓。

有时逃学又只是到山上去偷人家园地里的李子枇杷,主人拿着长长的竹竿子大骂着追来时,就飞奔而逃,逃到远处一面吃那个赃物,一面还唱山歌气那主人。总而言之,人虽小小的,两只脚跑得很快,什么茨棚①里钻去也不在乎,要捉我可捉不到,就认为这种事很有趣味。

可是只要我不逃学,在学校里我是不至于像其他那些人受处罚的。我从不用心念书,但我从不在应当背诵时节无法对付。许多书总是临时来读十遍八遍,背诵时节却居然朗朗上口,一字不遗。也似乎就由于这份小小聪明,学校把我同

---

① 茨棚:带刺的灌木丛。

一般人的待遇，更使我轻视学校。家中不了解我为什么不想上进，不好好地利用自己聪明用功，我不了解家中为什么只要我读书，不让我玩。我自己总以为读书太容易了点，把认得的字记记那不算什么稀奇。最稀奇处应当是另外那些人，在他那份习惯下所做的一切事情。为什么骡子推磨时得把眼睛遮上？为什么刀得烧红时在水里一淬方能坚硬？为什么雕佛像的会把木头雕成人形，所贴的金那么薄又用什么方法作成？为什么小铜匠会在一块铜板上钻那么一个圆眼，刻花时刻得整整齐齐？这些古怪事情太多了。

我生活中充满了疑问，都得我自己去找寻答解。我要知道的太多，所知道的又太少，有时便有点发愁。就为的是白日里太野，各处去看，各处去听，还各处去嗅闻：死蛇的气味，腐草的气味，屠户身上的气味，烧碗处土窑被雨以后放出的气味，要我说来虽当时无法用言语去形容，要我辨别却十分容易。蝙蝠的声音，一只黄牛当屠户把刀刺进它喉中时叹息的声音，藏在田塍土穴中大黄喉蛇的鸣声，黑暗中鱼在水面泼刺的微声，全因到耳边时分量不同，我也记得那么清清楚楚。因此回到家里时，夜间我便做出无数稀奇古怪的梦。这些梦直到将近二十年后的如今，还常常使我在半夜里无法安眠，既把我带回到那个"过去"的空虚里去，也把我带往空幻的宇宙里去。

在我面前的世界已够宽广了，但我似乎就还得一个更宽广的世界。我得用这方面弄到的知识证明那方面的疑问。我得从比较中知道谁好谁坏。我得看许多业已由于好询问别人,以及好自己幻想,所感觉到的世界上的新鲜事情,新鲜东西。结果能逃学我逃学,不能逃学我就只好做梦。

照地方风气说来,一个小孩子野一点的照例也必须强悍一点,因此各处方能跑去。各处跑去皆随时会有一样东西在无意中扑到你身边来,或是一只凶恶的狗,或是一个顽劣的人。无法抵抗这点袭击,就不容易各处自由放荡。一个野一点的孩子,即或身边不必时时刻刻带一把小刀,也总得带一削光的竹块,好好地插到裤带上;遇机会到时,就取出来当作军器,尤其是到一个离家较远的地方去看木傀儡戏,不准备厮杀一场简直不成。你能干点,单身往各处去,有人挑战时还只是一人近你身边来恶斗,若包围到你身边的顽童人数极多,你还可挑选同你精力不大相差的一人;你不妨指定其中之一个说:

"要打吗?你来。我同你来。"

到时也只那一个人拢来,被他打倒,你活该,只好伏在地上尽他压着痛打一顿。你打倒了他,他活该,你把他揍够后你当时可以自由走去,谁也不会追你,只不过说句"下次再来"罢了。

可是你根本上若就十分怯弱,即或结伴同行,到什么地方去时,也会有人特意挑出你来殴斗,应战你得吃亏,不答应你得被仇人与同伴两方面奚落，顶不经济。

感谢我那爸爸给了我一份勇气，人虽小，到什么地方去我总不吓怕。到被人围上必须打架时，我能挑出那些同我不差多少的人来，我的敏捷同机智，总常常占点上风。有时气运不佳，无意中被人摔倒，我还会有方法翻身过来压到别人身上去。在这件事上我只吃过一次亏，不是一个小孩，却是一只恶狗，把我攻倒后，咬伤了我一只手。我走到任何地方去皆不怕谁，同时又换了好些私塾，各处皆有些同学，并且互相皆逃过学，便有无数朋友，因此也不会同人打架了。可是自从被那只恶狗攻过一次以后，到如今我却依然十分怕狗。

至于我那地方的大人，用单刀在大街上决斗本不算回事。事情发生时，那些有小孩子在街上玩的母亲，也不过说："小杂种，站远一点，不要太近！"嘱咐小孩子稍稍站开点儿罢了。但本地军人互相砍杀虽不出奇，行刺暗算却不作兴。这类善于殴斗的人物，在当地另成一组，豁达大度，谦卑接物，为友报仇，爱义好施，且多非常孝顺。但这类人物为时代所陶冶，到民国五年以后也就渐渐消灭了，虽有些青年军官还保存那点风格，风格中最重要的一点洒脱处，却为了军纪一类影响，大不如前辈了。

我有三个堂叔叔，皆住在城南乡下，离城四十里左右。那地方名黄罗寨，出强悍的人同猛鸷的兽，我爸爸三岁时在那里差一点险被老虎咬去。我四岁左右,到那里第一天,就看见乡下人抬了一只死虎进城,给我留下极深刻的印象。

我还有一个表哥,住在城北十里地名长宁哨的乡下,从那里再过十里便是苗乡。表哥是一个紫色脸膛的人,一个守碉堡的战兵。我四岁时被他带到乡下去过了三天,二十年后还记得那个小小城堡黄昏来时鼓角的声音。

这战兵在苗乡有点势力,很能喊叫一些苗人。每次来城时,必为我带一只小鸡或一点别的东西。一来为我说苗人故事,临走时我总不让他走。我欢喜他,觉得他比乡下叔父有趣。

辛亥革命的一课

有一天我那表哥又从乡下来了,见了他使我非常快乐。我问他那些水车,那些碾坊,又问他许多我在乡下所熟习的东西。可是我不明白,这次他竟不大理我,不大同我亲热。他只成天出去买白带子,自己买了许多不算,还托我四叔买了许多。家中搁下两担白带子,还说不大够用。他同我爸爸又商量了很多事情,我虽听到却不很懂是什么意思。其中一件便是把三弟同大哥派阿妍①送进苗乡去,把我大姊二姊送过表哥乡下那山洞里去。爸爸即刻就遵照表哥的计划办去,

---

① 阿妍:苗语"大姐"的意思。

母亲当时似乎也承认这么办较安全方便。在一种迅速处置下，四人当天离开家中同表哥上了路。表哥去时挑了一担白带子，我疑心他想开一个铺子，方用得着这样多带子。

当表哥一行人众动身时，爸爸问表哥："明夜来不来？"那一个就回答说："不来，怎么成事？我的事还多得很！"

我知道表哥的许多事中，一定有一件事是为我带那匹花公鸡，那是他早先答应过我的。因此就插口说：

"你来，可别忘记答应我那个东西！"

当我两个姊姊一个哥哥一个弟弟同那苗妇人躲进苗乡时，我爸爸问我：

"你怎么样？跟阿妤进苗乡去，还是跟我在城里？"

"什么地方热闹些？"我意思只是向热闹处走。

"不要这样问，我明白你的意思，你要在城里看热闹，就留下来莫过苗乡吧。"

听说同我爸爸留在城里，我真欢喜。我记得分分明明，第二天晚上，叔父红着脸在灯光下磨刀的情形，真十分有趣。一时走过仓库边看叔父磨刀，一时又走到书房去看我爸爸擦枪。家中人既走了不少，忽然显得空阔许多，我平时似乎胆量很小，到这天也不知道吓怕了。我不明白行将发生什么事情，但却知道有一件很重要的新事快要发生。我满屋各处走去，又傍近爸爸听他们说话，他们每个人脸色都不同往常安详，每人说话皆结结巴巴。几个人一面检查枪支，一面又常常互相来一个莫名其妙的微笑，我也就跟着他们微笑。

我看到他们在日光下做事，又看到他们在灯光下商量，那长身叔父一会儿跑出门去，一会儿又跑回来悄悄地说一阵，我装作不注意的神气，算计到他出门的次数。这一天他一共出门九次，到最后一次出门时，我跟他身后走出到屋廊下，我说：

"四叔，怎么的，你们是不是预备杀仗？"

"咄，你这小东西，还不去睡，回头要猫儿吃你。"

于是我便被一个丫头拖到上边屋里去，把头伏到母亲腿上，一会儿就睡了。

这一夜中城里城外发生的事我全不清楚。等到我照常醒来时，只见全家中各个人皆脸儿白白的，在那里悄悄地说些什么。大家问我昨夜听到什么没有，我只是摇头。我家中似乎少了几个人，数了一下，几个叔叔全不见了，男的只我爸爸一个人，坐在他那唯一专利的太师椅上，低下头来一句话不说。我记起了杀仗的事情，我问他：

"爸爸，爸爸，你究竟杀过仗了没有？"

"小东西，莫乱说，夜来我们杀败了！全军人马覆灭，死了几千人！"

正说着，高个儿叔父从外面回来了，满头是汗，结结巴巴地说：衙门从城边已经抬回了四百一十个人头，一大串耳朵，七架云梯，一些刀，一些别的东西。对河还杀得更多，烧了七处房子，现在还不许上城去看。

爸爸听说有四百个人头，就向叔父说：

"你快去看看，觔韩在里边没有。赶快去，赶快去。"

觔韩就是我那黑而且胖的表兄，我明白他昨天晚上也在城外杀仗后，心中十分关切。听说衙门口有那么多人头，还有一大串人耳朵，正与我爸爸平时为我说到的杀长毛故事相合，我又欢乐又吓怕，兴奋得脸白白的，简直不知道怎么办。洗过了脸，我方走出房门，看看天气阴阴的，像要落雨的神气，一切皆很暗淡。街口平常照例可以听到卖糕人的声音，以及各种别的叫卖声音，今天却异常清静，似乎过年一样。我想得到一个机会出去看看，我最关心的是那些我从不曾摸过的人头。一会儿，我的机会便来了，长身四叔跑回来告我爸爸，人头里没有觔韩的头。且说衙门口人多着，街上铺子皆奉令开了门，张家老爷也上街看热闹了。因此我爸爸便问我：

"小东西，怕不怕人头，不怕就同我出去。"

"不，我想看看人头。"

于是我就在道尹衙门口平地上看到了一大堆肮脏血污人头，还有衙门口鹿角上，辕门上，也无处不是人头。从城边取回的几架云梯，全用新竹子作成（就是把这新从山中砍来的竹子，横横地贯了许多木棍）。云梯木棍上也悬挂许多人头，看到这些东西我实在稀奇，我不明白为什么要杀那么多人。我不明白这些人因什么事就被把头割下。我随后又发现了那一串耳朵，那么一串东西，一生真再也不容易见到过的古怪东西！叔父问我："小东西，你怕不怕？"我回答得极好，我说："不怕。"我听了多少杀仗的故事，总说是"人头如山，血流成河"，看戏时也总据说是"千军万马分个胜败"，却除了从戏台上间或演秦琼哭头时可看到一个木人头放在朱红盘子里，此外就不曾看到过一次真的杀仗砍下什么人头。现在却有那么一大堆血淋淋的从人颈脖上砍下的东西。我并不怕，可不明白为什么这些人就让兵士砍他们，有点疑心，以为这一定有了错误。

为什么他们被砍，砍他们的人又为什么？心中许多疑问，回到家中时问爸爸，爸爸只说这是"造反"，也不能给我一个满意的答复。我当时以为爸爸那么伟大的人，天上地下知道不知多少事，居然也不明白这件事，倒真觉得奇怪。到现在我才明白这事永远在世界上不缺少，可是谁也不能够给小孩子一个最得体的回答。

这革命原是城中绅士早已知道，用来对付两个衙门，同那些外路商人，攻城以前先就约好了的。但临时却因军队方面谈的条件不妥误了大事。

革命算已失败了，杀戮还只是刚在开始。城防军把防务布置周密妥当后，就分头派兵下乡去捉人，捉来的人只问问一句两句话，就牵出城外去砍掉。平常杀人照例应当在西门外，现在造反的人既从北门来，因此应杀的人也就放在北门河滩上杀戮。当初每天必杀一百左右，每次杀五十个人时，行刑兵士还只是二十，看热闹的也不过三十左右。有时衣也不剥，绳子也不捆缚，就那么跟着赶去的。常常听说有被杀的站得稍远一点，兵士以为是看热闹的人就忘掉走去。被杀的差不多全从乡下捉来，糊糊涂涂不知道是些什么事。因此还有一直到了河滩被人吼着跪下时，方明白行将有什么新事，方大声哭喊惊惶乱跑，刽子手随即赶上前去那么一阵乱刀砍翻的。

这愚蠢的杀戮继续了约一个月，方渐渐减少下来。或者因为天气既很严冷，不必担心到它的腐烂，埋不及时就不埋，或者又因为还另外有一种示众意思，河滩的尸首总常常躺下四五百。

到后人太多了，仿佛凡是西北苗乡捉来的人皆得杀头。衙门方面把文书禀告到抚台时，大致说的就是苗人造反，因此照规矩还得剿平这一片地面上的人民。捉来的人一多，被杀的头脑简单异常，无法自脱，但杀人那一方面却似乎有点寒了心。几个本地有力的绅士，也就是暗地里同城外人讲通却不为官方知道的人，便一同向宪台请求有一个限制，经过一番选择，该杀的杀，该放的放。每天捉来的人既有一百两百，差不多全是无辜的农民，既不能全部开释，也不忍全部杀头，因此选择的手续，便委托了本地人民所敬信的天王，把犯人牵到天王庙大殿前，在神前掷竹筊，一仰一覆的顺筊，开释，双仰的阳筊，开释，双覆的阴筊，杀头。生死取决于一掷，应死的自己向左走去，该活的自己向右走去。一个人在一份赌博上既占去便宜三分之二①，因此应死的谁也不说话，就低下头走去。

我那时已经可以自由出门，一有机会就常常到城头上去看对河杀头。每当人已杀过赶不及看那一砍时，便与其他小孩比赛眼力，一二三四屈指计数那一片死尸的数目，或者又跟随了犯人，到天王庙看他们掷筊。看那些乡下人，如何闭了眼睛把手中一副竹筊用力抛去，有些人到已应当开释时还不敢睁开眼睛。又看着些虽应死去还想念到家中小孩与小牛猪羊的，那份颓丧那份对神埋怨的神情，真使我永远忘不了。

我刚好知道"人生"时，我知道的原来就是这些事情。

第二年三月本地革命成功了，各处悬上白旗，写个"汉"字，算是对革命军投了降，革命反正的兵士结队成排在街上巡游，镇守使，道尹，知县，已表示愿意走路，地方一切皆由绅士出面来维持，我爸爸便即刻成为当地要人了。

---

① 这里原文是"三分之二"，我的好友数学家钟开莱先生说，根据概率论的道理，实际有四分之三的机会开释，建议我改过来。——作者注

那时节我哥哥弟弟同两个姊姊，全从苗乡接回来了。家中无数军人来来往往。院子中坐满了人。在一群陌生人中，我发现了那个紫黑脸膛的表哥。他并没有死去，背了一把单刀，朱红牛皮的刀鞘上描着黄金色双龙抢宝的花纹。他正在同别人说那一夜走近城边的情形。我悄悄地告诉他："我过天王庙看犯人掷筊，想知道犯人中有不有你，可见不着。"那表哥说："他们手短了些，捉不着我。现在应当我来打他们了。"当天全城人过天王庙开会时，我爸爸正在台上演说经过，那表哥他当真就爬上台去打了县知事一个嘴巴，使得到会人都笑闹不已，演说也无法继续。

革命使我家中也起了变化，爸爸与一个姓吴的竞选过长沙的会议代表失败，心中十分不平，赌气出门往北京去了。爸爸这一去，直到十二年后当我从湘边下行时，在辰州地方又见过他一面，从此以后便再也见不着了。

我爸爸在竞选失败离开家乡那一年，我最小的一个九妹，刚好出世三个月。

革命后地方不同了一点，绿营制度没有改变多少，屯田制度也没有改变多少。地方有军役的，依然各因等级不同，按月由本人或家中人到营上去领取食粮与碎银，守兵当值的，到时照常上衙门听候差遣。衙门前钟鼓楼每到晚上仍有三五个吹鼓手奏乐。但防军组织分配稍微不同了，军队所用器械不同了，地方官长不同了。县知事换了本地人，镇守使也换了本地人。当兵的每个家中大门边钉了一小牌,载明一切,且各因兵役不同,木牌种类也完全不同。

但革命印象在我记忆中不能忘记的,却只是关于杀戮那几千无辜农民的几幅颜色鲜明的图画。

民国三年左右地方新式小学成立,民国四年我进了新式小学。

西山的月

"求你将我放在你心上如印记,带在你臂上如戳记。"我念诵着《雅歌》来希望你,我的好人。

你的眼睛还没掉转来望我,只起了一个势,我早惊乱得同一只听到弹弓弦子响中的小雀了。我是这样怕与你灵魂接触,因为你太美丽了的缘故。

但这只小雀它愿意常常在弓弦响声下惊惊惶惶乱窜,从惊乱中它已找到更多的舒适快活了。

在青玉色的中天里,那些闪闪烁烁的星群,有你的眼睛存在：因你的眼睛也正是这样闪烁不定，且不要风吹。

在山谷中的溪涧里，那些清莹透明的出山泉，也有你的眼睛存在：你眼睛我记着比这水还清莹透明，流动不止。

我侥幸又见到你一度微笑了，是在那晚风为散放的盆莲旁边。这笑里有清香，我一点都不奇怪，本来你笑时是有种比清香还能沁人心脾的东西！

我见到你笑了，还找不出你的泪来。当我从一面篱笆前过身，见到那些嫩紫色牵牛花上负着的露珠，便想：倘若是她有什么不快事缠上了心，泪珠不是正同这露珠一样美丽，在凉月下会起虹彩吗？

我是那么想着，最后便把那朵牵牛花上的露珠用舌子舔干了。

"怎么这人哪，不将我泪珠穿起？"你必不会这样来怪我，我实在没有这种本领。我头发白得太多了，纵使我能，也找不到穿它的东西！

病渴的人，每日里身上疼痛，心中悲哀，你当真愿意不愿给渴了的人一点甘露喝？

这如像做好事的善人一样：可怜路人的渴涸，济以茶汤，恩惠将附在这路人心上，做好事的人将蒙福至于永远。

我日里要做工,没有空闲。在夜里得了休息时,便沿着山涧去找你。我不怕虎狼,也不怕伸着两把钳子来吓我的蝎子,只想在月下见你一面。

碰到许多打起小小火把夜游的萤火,问它们,"朋友朋友,你曾见过一个人吗?"

"你找寻的那个人是个什么样子呢?"

我指那些闪闪烁烁的群星,"哪,这是眼睛。"

我指那些飘忽的白云,"哪,这是衣裳。"

我要它们静心去听那些涧泉和音,"哪,她声音同这一样。"

我末了把刚从花园内摘来那朵粉红玫瑰在它们眼前晃了一下,"哪,这是脸。"

这些小东西,虽不知道什么叫做骄傲,还老老实实听我的话,但当我问它们听清白没有?只把头摇了摇就想跑。

"怎么,究竟见不见到呢?"——我赶着追问。

"我这灯笼照我自己全身还不够!先生,放我吧,不然,我会又要绊倒在那些不忠厚的蜘蛛设就的圈套里……虽然它们也不能奈何我,但我不愿意同它麻烦。先生,你还是问别个吧,再扯着我会赶不上它们了。"——它跑去了。

我行步迟钝,不能同它们一起遍山遍野去找你——但凡是山上有月色流注到的地方我都到了,不见你的踪迹。

回过头去,听那边山下有歌声飘扬过来,这歌声出于日光只能在垣处徘徊的狱中。我跑去为他们祝福:

> 你那些强健无知的公绵羊啊!
> 神给了你强健却吝了知识:
> 每日和平守分地咀嚼主人给你们的窝窝头。
> 疾病与忧愁永不凭附于身;
> 你们是有福了——阿们!

> 你那些懦弱无知的母绵羊啊!
> 神给了你温柔却吝了知识:
> 每日和平守分地咀嚼主人给你们的窝窝头,
> 失望与忧愁永不凭附于身;
> 你们也是有福了——阿们!

> 世界之霉一时侵不到你们身上,
> 你们但和平守分地生息在圈牢里:
> 能证明你主人的恩惠——
> 同时证明了你主人的富有;
> 你们都是有福了——阿们!

当我起身时，有两行眼泪挂在脸上。为别人流还是为自己流呢？我自己还要问他人。但这时除了中天那轮凉月外，没有能做证明的人。

我要在你眼波中去洗我的手，摩到你的眼睛，太冷了。

倘若我的眼睛真是这样冷，在你鉴照下，有个人的心会结成冰。

这也是我游香山时找得的一篇文章，找得的地方是半山亭。似乎是什么人遗落忘记的稿子。文章虽不及古文高雅，但半夜里能一个人跑上半山亭来望月，本身已就是个妙人了。

当我刚发见这稿子念过前几段时，心想不知是谁个女人来消受他这郁闷的热情，未免起了点妒羡心。到末了使我了然，因最后一行写的是"待人承领的爱"，这六个字令我失望，故把它圈掉了。为保存原文起见，乃在这里声明一句。

若有某个人能切实证明这招贴文章是寄她的，只要把地点告知，我也愿把原稿寄给她，左右留在我身边也是无用东西。至于我，不经过别人许可，就在这里把别人文章发表了，不合理的地方，特在此致一声歉，不过想来既然是招贴类文章，擅自发表出来，也不算十分无道德心吧。

一九二五年九月一日作

废邮存底[1]

一

我行过许多地方的桥,看过许多次数的云,喝过许多种类的酒,却只爱过一个正当最好年龄的人。

---

[1] 这里所收三篇《废邮存底》,分别发表于1931年《文艺月刊》第2卷第5—6期和第2卷第7期,不曾收入作者1937年1月由上海文化生活出版社出版的、以谈文学创作为主的《废邮存底》。第一封信的收信人,即后来的沈从文夫人张兆和。

××：

你们想一定很快要放假了。我要玖①到××来看看你，我说，"玖，你去为我看看××，等于我自己见到了她。去时高兴一点，因为哥哥是以见到××为幸福的。"不知道玖来过没有？玖大约秋天要到北平女子大学学音乐，我预备秋天到青岛去。这两个地方都不像上海，你们将来有机会时，很可以到各处去看看。北平地方是非常好的，历史上为保留下一些有意义极美丽的东西，物质生活极低，人极和平，春天各处可放风筝，夏天多花，秋天有云，冬天刮风落雪，气候使人严肃，同时也使人平静。××毕了业若还要读几年书，倒是来北平读书好。

你的戏不知已演过了没有？北平倒好，许多大教授也演戏，还有从女大毕业的，到各处台上去唱昆曲，也不为人笑话。使戏子身份提高，北平是和上海稍稍不同的。

听说××到过你们学校演讲，不知说了些什么话。我是同她顶熟的一个人，我想她也一定同我初次上台差不多，除了红脸不会有再好的印象留给学生。这真是无办法的，我即或写了一百本书，把世界上一切人的言语都能写到文章上去，写得极其生动，也不会作一次体面的讲话。说话一定有什么天才，×××是大家明白的一个人，说话嗓子洪亮，使

---

① 玖：沈从文的九妹沈岳萌。

人倾倒，不管他说的是什么空话废话，天才还是存在的。

我给你那本书，《××》同《丈夫》都是我自己欢喜的，其中《丈夫》更保留到一个最好的记忆，因为那时我正在吴淞，因爱你到要发狂的情形下，一面给你写信，一面却在苦恼中写了这样一篇文章。我照例是这样子，做得出很傻的事，也写得出很多的文章，一面糊涂处到使别人生气，一面清明处，却似乎比平时更适宜于做我自己的事。××，这时我来同你说这个，是当一个故事说到的，希望你不要因此感到难受。这是过去的事情，这些过去的事，等于我们那些死亡了最好的朋友，值得保留在记忆里，虽想到这些，使人也仍然十分惆怅，可是那已经成为过去了。这些随了岁月而消失的东西，都不能再在同样情形下再现了的，所以说，现在只有那一篇文章，代替我保留到一些生活的意义。这文章得到许多好评，我反而十分难过，任什么人皆不知道我为了什么原因，写出一篇这样文章，使一些下等人皆以一个完美的人格出现。

我近日来看到过一篇文章，说到似乎下面的话："每人都有一种奴隶的德性，故世界上才有首领这东西出现，给人尊敬崇拜。因这奴隶的德性，为每一个不可少的东西，所以不崇拜首领的人，也总得选择一种机会低头到另一种事上去。"××，我在你面前，这德性也显然存在的。为了尊敬你，使我看轻了我自己一切事业。我先是不知道我为什么这样无用，所以还只想自己应当有用一点。到后看到那篇文章，才明白，这奴隶的德性，原来是先天的。我们若都相信崇拜首领是一种人类的自然行为，便不会再觉得崇拜女子有什么稀奇难懂了。

你注意一下，不要让我这个话又伤害到你的心情，因为我不是在窘你做什么你所做不到的事情，我只在告诉你，一个爱你的人，如何不能忘你的理由。我希望说到这些时，我们都能够快乐一点，如同读一本书一样，仿佛与当前的你我都没有多少关系，却同时是一本很好的书。

我还要说，你那个奴隶，为了他自己，为了别人起见，也努力想脱离羁绊过。当然这事作不到，因为不是一件容易事情。为了使你感到窘迫，使你觉得负疚，我以为很不好。我曾做过可笑的努力，极力去同另外一些人要好，到别人崇拜我愿意做我的奴隶时，我才明白，我不是一个首领，用不着别的女人用奴隶的心来服侍我，却愿意自己作奴隶，献上自己的心，给我所爱的人。我说我很顽固地爱你，这种话到现在还不能用别的话来代替，就因为这是我的奴性。

××，我求你，以后许可我作我要作的事，凡是我要向你说什么时，你都能当我是一个比较愚蠢而并不讨厌的人，让我有一种机会，说出一些有奴性的卑屈的话，这点点是你容易办到的。你莫想，每一次我说到"我爱你"时你就觉得受窘，你也不用说"我偏不爱你"，作为抗拒别人对你的倾心。你那打算是小孩子的打算，到事实上却毫无用处的。有些人对天成日成夜说,"我赞美你,上帝!"有些人又成日成夜对人世的皇帝说,"我赞美你,有权力的人!"你听到被称赞的"天"同"皇帝",以及常常被称赞的日头同月亮,好的花,精致的艺术回答说"我偏不赞美你"的话没有?一切可称赞的,使人倾心的,都像天生就是这个世界的主人,他们管领一切,统治一切,都看得极其自然,毫不勉强。一个好人当然也就有权力使人倾倒,使人移易哀乐,变更性情,而自己却生存到一个高高的王座上,不必作任何声明。凡是能用自己各方面的美攫住别的人灵魂的,他就有无限威权,处置这些东西,他可以永远沉默,日头,云,花,这些例举不胜举。除了一只莺,他被人崇拜处,原是他的歌曲,不应当哑口外,其余被称赞的,大都是沉默的。××,你并不是一只莺。一个皇帝,吃任何阔气东西他都觉得不够,总得臣子恭维,用恭维作为营养,他才适意,因为恭维不甚得体,所以他有时还发气骂人,让人充军流血。××,你不会像帝皇,一个月亮可不是这样的,一个月亮不拘听到任何人赞美,不拘这赞美如何不得体,如何不恰当,它不拒绝这些从心中涌出的呼喊。××,你是我的月亮。你能听一个并不十分聪明的人,用各种声音,各样言语,向你说出各样的感想,而这感想却因为你的存在,如一个光明,照耀到我的生活里而起的,你不觉得这也是生存里一件有趣味的事吗?

"人生"原是一个宽泛的题目,但这上面说到的,也就是人生。

　　为帝王作颂的人,他用口舌"娱乐"到帝王,同时他也就"希望"到帝王。为月亮写诗的人,他从它照耀到身上的光明里,已就得到他所要的一切东西了。他是在感谢情形中而说话的,他感谢他能在某一时望到蓝天满月的一轮。××,我看你同月亮一样。……是的,我感谢我的幸运,仍常常为忧愁扼着,常常有苦恼(我想到这个时,我不能说我写这个信时还快乐)。因为一年内我们可以看过无数次月亮,而且走到任何地方去,照到我们头上的,还是那个月亮。这个无私的月亮不单是各处皆照到,并且从我们很小到老还是同样照到的。至于你,"人事"的云翳,却阻拦到我的眼睛,我不能常常看到我的月亮!一个白日带走了一点青春,日子虽不能毁坏我印象里你所给我的光明,却慢慢地使我不同了。"一个女子在诗人的诗中,永远不会老去,但诗人,他自己却老去了。"我想到这些,我十分忧郁了。生命都是太脆薄的一种东西,并不比一株花更经得住年月风雨,用对自然倾心的眼,反观人生,使我不能不觉得热情的可珍,而看重人与人凑巧的藤葛。在同一人事上,第二次的凑巧是不会有的。我生平只看过一回满月。我也安慰自己过,我说,"我行过许多地方的桥,看过许多次数的云,喝过许多种类的酒,却只爱过一个正当最好年龄的人。我应当为自己庆幸……"这样安慰到自己也还是毫无用处,为"人生的飘忽"这类感觉，我不能够忍受这件事来强作欢笑了。我的月亮就只在回忆里光明全圆，这悲哀，自然不是你用得着负疚的，因为并不是由于你爱不爱我。

仿佛有些方面是一个透明了人事的我，反而时时为这人生现象所苦，这无办法处，也是使我只想说明却反而窘了你的理由。

××，我希望这个信不是窘你的信。我把你当成我的神，敬重你，同时也要在一些方便上，诉说到即或真神也很糊涂的心情，你高兴，你注意听一下，不高兴，不要那么注意吧。天下原有许多稀奇事情，我××××十年，都缺少能力解释到它，也不能用任何方法说明，譬如想到所爱的一个人的时候，血就流走得快了许多，全身就发热作寒，听到旁人提到这人的名字，就似乎又十分害怕，又十分快乐。究竟为什么原因，任何书上提到的都说不清楚，然而任何书上也总时常提到。"爱"解作一种病的名称，是一个法国心理学者的发明，那病的现象，大致就是上述所及的。

你是还没有害过这种病的人，所以你不知道它如何厉害。有些人永远不害这种病，正如有些人永远不患麻疹伤寒，所以还不大相信伤寒病使人发狂的事情。××，你能不害这种病，同时不理解别人这种病，也真是一种幸福。因为这病是与童心成为仇敌的，我愿意你是一个小孩子，真不必明白这些事。不过你却可以明白另一个爱你而害着这难受的病的痛苦的人，在任何情形下，却总想不到是要窘你的。我现在，并且也没有什么痛苦了，我很安静，似乎为爱你而活着的，故只想怎么样好好地来生活。假使当真时间一晃就是十年，你那时或者还是眼前一样，或者已做了某某大学的一个教授，或者自己不再是小孩子，倒已成了许多小孩子的母亲，我们见到时，那真是有意思的事。任何一个作品上，以及任何一个世界名作作者的传记上，最动人的一章，总是那人与人纠纷藤葛的一章。许多诗是专为这点热情的指使而写出的，许多动人的诗，所写的就是这些事，我们能欣赏那些东西，为那些东西而感动，也照例轻视到自己，以及别人因受自己所影响而发生传奇的行为，这个事好像不大公平。因为这个理由，天将不许你长是小孩子。"自然"使苹果由青而黄，也一定使你在适当的时间里，转为一个"大人"。××，到你觉得你已经不是小孩子，愿意作大人时，我倒极希望知道你那时在什么地方做些什么事，有些什么感想。"萑苇"是易折的，"磐石"是难动的，我的生命等于"萑苇"，爱你的心希望它能如"磐石"。

望到北平高空明蓝的天，使人只想下跪，你给我的影响恰如这天空，距离得那么远，我日里望着，晚上做梦，总梦到生着翅膀，向上飞举。向上飞去，便看到许多星子，都成为你的眼睛了。

××，莫生我的气，许我在梦里，用嘴吻你的脚，我的自卑处，是觉得如一个奴隶蹲到地下用嘴接近你的脚，也近于十分亵渎了你的。

我念到我自己所写的"萑苇是易折的，磐石是难动的"时候，我很悲哀。易折的萑苇，一生中，每当一次风吹过时，皆低下头去，然而风过后，便又重新立起了。只有你使它永远折伏，永远不再作立起的希望。

一九三一年六月

二

今天是我生平看到最美一次的天气，在落雨以后的达园，我望到不可形容的虹，望到不可形容的云，望到雨后的小小柳树，望到雨点。……天上各处是燕子。……虹边还在响雷，耳里听到雷声，我在一条松树夹道上走了好久。我想起许多朋友，许多故事，仿佛三十年人事都在一刻儿到跟前清清楚楚地重现出来。因为这雨后的黄昏，透明的美，好像同××的诗太相像了，我想起××。

××你瞧，我在这时什么话也说不出了的。我这几年来写了我自己也数不清楚的多少篇文章，人家说的任何种言语，我几乎都学会写到纸上了，任何聪明话，我都能使用了；任何对自然的美的恭维，我都可以模仿了。可是，到这些时节，我真差不多同哑子一样，什么也说不出。一切的美说不出，想到朋友们，一切鲜明印象，在回忆里如何放光，这些是更说不出的。

我想到××，我仿佛很快乐，因为同时我还想到你的朋友小麦，我称赞她爸爸妈妈真是两个大诗人。把一切印象拼合拢来，我非常满意我这一天的生存。我对于自己生存感到幸福，平生也只有这一天。

今天真是一个最可记忆的一天，还有一个故事可以同你说：诗人××到这里来，来时已快落雨了。在落雨以前，他又走了。落雨时，他的洋车一定还在×××左右，即或落下的是刀子，他也应当上山去，因为若把诗人全身淋湿如落汤鸡，这印象保留在另一时当更有意义。他有一个"老朋友"在×××养病，这诗人，是去欣赏那一首"诗"的。我写这个信时，或者正是他们并肩立在松下望到残虹谈话的时节。××，得到这信时，试去作一次梦，想到×××的雨后的他们，并想到达园小茅亭的从文，今天是六月十九日，我提醒你不要忘记是这个日子。这时已快夜了，一切光景都很快要消失了，这信还没有写完，这一切都似乎就已成为过去了。××，这信到你手边时，应当是一个月以后的事，我盼望它可以在你心里，有小小的光明重现。××，这信到你手边时，你一定也想起从文吧？我告你，我还是老样子，什么也没有改变。在你记忆里保留到的从文，是你到庆华公寓第一次见到的从文,也是其他时节你所知道的从文,我如今就还是那个情形,这不知道应使人快乐还是忧郁?我也有了些不同处,为朋友料不到的,便是"生活"比以前好多了。社会太优待了我,使我想到时十分难受。另一方面,朋友都对我太好了,我也极其难受。因为几年来我做的事并不勤快认真,人越大且越糊涂,任性处更见其任性,不能服侍女人处,也更把弱点加深了。这些事,想到时,我是很忧愁的。关心到我的朋友们,即或自己生活很不在意,总以为从文有些自苦的事情,是应当因为生活好了一点年龄大了一点便可改好的。谁知这些希望都完全是空事情,事实且常常与希望相反,便是我自己越活越无"生趣"。这些话是用口说不分明的,一切猜疑也不会找到恰当的解释,连我自己也不知道,为什么到现在还成天只想"死"。

感谢社会的变迁,时代一转移,就到手中方便,胡乱写下点文章,居然什么工也不必作,就活得很舒服了。同时因这轻便不过的事业,还得到了不知多少的朋友,不拘远近都仿佛用作品成立了一种最好的友谊,算起来我是太幸福了的。可是我好像要的不是这些东西。或者是得到这些太多,我厌烦了。我成天只想做一个小刻字铺的学徒,或一个打铁店里的学徒,似乎那些才是我分上的事业,在那事业里,我一定还可以方便一点,本分一点。我自然不会去找那些事业,也自然不会死去,可是,生活真是厌烦极了。因为这什么人也不懂的烦躁,使我不能安心在任何地方住满一年。去年我在武昌,今年春天到上海,六月来北平,过不久,我又要过青岛去了,过青岛也一定不会久的,我还得走。我自己也不知道我走到哪儿去好。一年人老一年,将来也许跑到蒙古去。这自愿的充军,如分析起来,使人很伤心的。我这"多疑"、"自卑"、"怯弱"、"执着"的性格,综合以后便成为我人格的一半。××,我并不欢喜这人格。我愿意做一个平常的人,有一颗为平常事业得失而哀乐的心,在人事上去竞争,出人头地便快乐,小小失望便忧愁,见好女人多看几眼,见有利可图就上前,这种我们常常瞧不上眼的所谓俗人,我是十分羡慕却永远学不会的。我羡慕他们的平凡,因为在平凡里的他们才真是"生活"。但我的坏性情,使我同这些人世幸福离远了。我在我文章里写到的事,却正是人家成天在另一个地方生活着的事,人家在"生活"里"存在",我便在"想象"里"生活"。××,一个作家我们去"尊敬"他,实在不如去"怜悯"他。我自己觉得是无聊到万分,在生活的糟粕里生活的。也有些人即或自己只剩下了一点儿糟粕,如××、××。一个无酒可啜的人,是应分用糟粕过日子的。但在我生活里,我是不是已经喝过我分上那一杯?××,我并没有向人生举杯!我分上就没有酒。我分上没有一滴。我的事业等于为人酿酒,我为年轻人解释爱与人生,我告他们女人是什么,灵魂是什么,我又告他们什么是德性，什么是美。许多人从我文章里得到为人生而战的武器，许多人从我文章里取去与女人作战保护自己的盔甲。我得到什么呢？许多女人都为岁月刻薄而老去了，这些人在我印象却永远还是十分年轻。我的义务——我生存的义务，似乎就是保留这些印象。这些印象日子再久一点，总依然还是活泼、娇艳、尊贵。让这些女人活在我的记忆里，我自己，却一天比一天老了。××，这是我的一份。

××，我应当感谢社会而烦怨自己，这一切原是我自己的不是。自然使一切皆生存在美丽里；一年有无数的好天气，开无数的好花，成熟无数的女人，使气候常常变幻，使花有各种的香，使女人具各种的美，任何一个活人，他都可以占有他应得那一份。一个"诗人"或一个"疯子"，他还常常因为特殊聪明，与异常禀赋，可以得到更多的赏赐。××，我的两手是空的，我并没有得到什么，我的空手，因为我是一个"乖僻的汉子"。

读我另一个信吧。我要预备告给你，那是我向虚空里伸手，攫着的风的一个故事。我想象有一个已经同我那么熟习了的女人，有一个黑黑的脸，一双黑黑的手……是有这样一个人，像黑夜一样，黑夜来时，她仿佛也同我接近了。因为我住到这里，每当黑夜来时，一个人独自坐在这亭子的栏杆上，一望无尽的芦苇在我面前展开，小小清风过处，朦胧里的芦苇皆细脆作声如有所诉说。我同它们谈我的事情，我告给它们如何寂寞，它们似乎比我最好的读者，比一切年轻女人更能理解我的一切。

××，黑夜已来了，我很软弱。我写了那么多空话，还预备更多的空话去向黑夜诉说。我那个如黑夜的人却永不伴同黑夜而来的，提到这件事，我很软弱，心情陷于一种无可奈何的泥淖中。

"年轻体面女人，使用一千个奴仆也仍然要很快的老去，这女人在诗人的诗中，以及诗人的心中，却永远不能老去。"××，你心中一定也有许多年轻人鲜明的影子。

××，对不起，你这时成为我的芦苇了。我为你请安。我捏你的手。我手已经冰冷，因为不知什么原因，我在老朋友面前哭了。

（这个信，给留在美国的《山花集》①作者）

一九三一年六月作

三

××：

我想跟你写一个信寄到山上来，赞美天气使你"做"一

---

① 《山花集》：诗集，1930年由北新书局出版，作者为刘延蔚。

首好诗。

今天真美,因为那么好天气,是我平生少见的。雨后的虹同雨后的雷还不出奇,最值得玩味的,还是一个人坐在洋车上颠颠播播,头上淋着雨,心中想着"诗"。你从前做的诗不行了,因为你今天的生活是一首超越一切的好诗。

自然你上山去不只做诗,也是去读"诗"的。我算到天上虹还剩下一只脚时,你已经爬上山顶了。若在路上不淋雨自然很好,若淋了雨也一定更好。因为目下湿湿的身体,只是目下的事,这事情在回忆里却能放光,非常眩目。回忆的温暖烘得干现在的透湿衣裳,所以我想你不会着凉的。

因为这天气,我这会写散文的人,也写了三千字散文。可是我这散文是写在黑夜做成的纸上的,因为坐在亭子前面,在黑暗里听蛙叫了四点钟。照规矩我是一点钟写八百字,所以算他一个三千的数目。我想到今天倒是顶快乐的日子,因为从没有能安安静静坐到玩四个钟头的。

现在荷花塘里的青蛙还在叫,可是我的灯已经熄了,各处都有声音。一定有鬼,一定有鬼!我睡了是好的,睡到床上就不再怕鬼了,大约鬼是不上床的。

可是我当真应当睡了,蜡烛不知烧死了多少小飞虫,看到这事真是怪凄惨。这时忽然有个绿翅膀蜻蜓一类小东西,扑到蜡汁上,翅膀振动得厉害,我望到那小东西的胡子,在嘴巴边上。(一定是胡子!)你说,长了胡子的还不懂厉害,还不知道小心,年轻的怎么能避免在追求光明中烧死?

　　大约人也有这种就光的兴味,我单是想象到我那一支烛,就很难受了(不吃酒的人听到人说"酒"字脸也得红)。让我提起个你已经忘掉的事,就是我去武昌前到你家里那次谈到哭脸的事。现在还是不行。到武昌,到上海,到北京,再到青岛,我没有办法把那一支蜡烛的影子去掉的。我是不是应当烧枯,还是可以用什么观念保护到自己?这件事我得学习。一只小虫飞到火上去,仿佛那情形很可怜的。虽说想象中的烛不能使翅膀烧焦,想象中的热情也还依然能把我绊倒。

　　　　一九三一年六月十九日寄冒雨上×山的诗人

三年前①的十一月二十二日

六点钟时天已大亮,由青岛过济南的火车,带了一身湿雾骨碌骨碌跑去。从开车起始到这时节已整八点钟,我始终光着两只眼睛。三等车车厢中的一切全被我看到了,多少脸上刻着关外风雪记号的农民!我只不曾见到我自己,却知道我自己脸色一定十分难看。我默默地注意一切乘客,想估计是不是有一个学生模样的年轻人,认识徐志摩,知道徐志摩。我想把一个新闻告给他,徐志摩死了,就是那个给年轻人以蓬蓬勃勃生气的徐志摩死了。我要找寻这样一个人说说

---

① 即1931年。

话,一个没有,一个没有。

我想起他《火车擒住轨》那一首诗。

> 火车擒住轨,在黑夜里奔:
> 过山,过水,过陈死人的坟;
>
> 过桥,听钢骨牛喘似的叫,
> 过荒野,过门户破烂的庙;
>
> ……
> 睁大了眼,什么事都看分明,
> 但自己又何尝能支使命运?

这里那里还正有无数火车的长列在寒风里奔驰,写诗的人已在云雾里全身带着火焰离开了这个人间。想到这件事情时,我望着车厢中的小孩,妇人,大兵,以及吊着长长的脖子打盹,作成缢毙姿势的人物。从衣着上看,这是个佃农管事。好像他迟早是应当上吊的。

当我动手把车窗推上时,一阵寒风冲醒了身旁一个瘦瘪瘪的汉子,睡眼迷蒙地向窗口一望,就说:"到济南还得两点钟。"说完时看了我一眼,好像知道我为什么推开这窗子吵醒了他,接着把窗口拉下,即刻又吊着颈脖睡去了。去济南的确还得两点钟！我不好意思再惊醒他了，就把那个为车中空气凝结了薄冰的车窗，抹了一阵，现出一片透明处。望到济南附近的田地，远远皆流动着一层乳白色薄雾。黑色或茶色土壤上，各装点了细小深绿的麦秧。一切是那么不可形容的温柔沉静，不可形容的美！我心想：为什么我会坐在这车上，为什么一个人忽然会死？我心中涌起了一种古怪的感情，我不相信这个人会死。我计算了一下，这一年还剩两个月，十个月内我死了四个最熟的朋友。生死虽说是大事，同时也就可以说是平常事。死了，倒下了，瘪了，烂了，便完事了。倘若这些人死去值得纪念，纪念的方法应当不是眼泪，不是仪式，不是言语。采真①是在武汉被人牵至欢迎劳苦功高的什么伟人彩牌楼下斩首的，振先②是在那个永远使读书人神往倾心的"桃源洞"前被捷克制自动步枪打死的，也频③是给人乱枪排了，和二十七个同伴一起躺到臭水沟里的，如今却轮到一个"想飞"的人，给在云雾里烧毁了。一切痛苦的记忆综合到我的心上，起了中和作用。我总觉得他们并不当真死去。多力的，强健的，有生气的，守在一个理想勇猛精进的，全给早早地死去了。却留下多少早就应当死去了的阉鸡，懦夫，与狡猾狐鬼，愚人妄人，在白日下吃，

---

① 采真：张采真，沈从文20世纪20年代在北京时的朋友。
② 振先：满振先，沈从文早年在行伍中的朋友，同乡。
③ 也频：胡也频，中国现代作家。左联五烈士之一。

喝，听戏，说谎，开会，著书，批评攻击与打闹！想起生者，方真正使人悲哀！

落雨了，我把鼻子贴住玻璃。想起《车眺》那首诗。

八点左右火车已进了站。下了火车，坐上一辆人力车，尽那个看来十分忠厚的车夫，慢慢地拉我到齐鲁大学。在齐鲁大学最先见到了朱经农，一问才知道北平也来了三个人，南京也来了两个人。上海还会有三四个人来。算算时间，北来车已差不多要到了。我就又匆匆忙忙坐了车赶到津浦车站去，同他们会面。在候车室里见着了梁思成、金岳霖同张奚若。再一同过中国银行，去找寻一个陈先生，这个陈先生便是照料志摩死后各事，前一天搁下了业务，带了夫人冒雨跑到飞机出事地点去，把志摩从飞机残烬中拖出，加以洗涤、装殓，且伴同志摩遗体同车回到济南的。这个人在志摩生前并不与志摩认识，却充满热情来完成这份相当辛苦艰巨的任务。见到了陈先生，且同时见到了从南京来的郭有守和张慰慈先生，我们正想弄明白出事地点在何处，预备同时前去看看。问飞机出事地点离济南多远，应坐什么车。方知道出事地点离济南约二十五里，名白马山站，有站不停车。并且明白死者遗体昨天便已运到了济南，停在城里一个小庙里了。

那位陈先生报告了一切处置经过后，且说明他把志摩搬回济南的原因。

"我知道你们会来，我知道在飞机里那个样子太惨，所以我就眼看着他们伕子把烧焦的衣服脱去,把血污洗尽,把破碎的整理归一,包扎停当,装入棺里,设法运回济南来了!"

他话说的比记下的还多一些,说到山头的形势,去铁路的远近,山下铁路南有一个什么小村落,以及向村中居民询问飞机出事时情形所得的种种。

那时正值湿雾季节,每天照例总是满天灰雾。山峦,河流,人家,一概都裹在一种浓厚湿雾里。飞机去济南差不到三十里,几分钟就应当落地。机师卫姓,济南人,对于济南地方原极熟悉。飞机既已平安超越了泰山高岭,估计时间,应当已快到济南,或者为寻觅路途,或者为寻觅机场,把飞机降低,盘旋了许久,于是訇地碰了山头发了火。着了火后的飞机,翻滚到山脚下,等待这种火光引起村子里人注意,赶过来看时,飞机各部分皆着了火,已燃烧成为一团火了。躺在火中的人呢,早完事了。两个飞机师皆已成为一段焦炭,志摩坐位在后面一点,除了衣服着火皮肤有一部分灼伤外,其他地方并不着火。那天夜里落了小雨,因此又被雨淋了一夜。这件事直到第二天方为去失事地方较近的火车站站长知道,赶忙报告济南和南京,济南派人来查验证明后,再分别拍电报告北平南京。济南方面陈先生派过出事地点时,是二十的中午。当二十二大清早我们到济南时,去出事时已经三天了。

我们一同过志摩停柩处时，约九点半钟，天正落小雨，地下泥滑滑的，那地方是个小庙，庙名似乎叫"福缘庵"。一进去小小院子里，满是济南人日常应用的陶器。这里是一堆钵头，那里有一堆瓦罐，正中有一堆大瓮同一堆粗碗，两廊又是一列一列长颈脖贮酒用的罂瓶。庙屋很小，房屋只有一进三间，神座上与泥地上也无处不是陶器。原来这地方是个售卖陶器的堆店。在庙中偏右墙壁下，停了一具棺材，两个缩头缩颈的本地人，正在那里烧香。

　　两个工人把棺盖挪开，各人皆看到那个破产的遗体了，我们低下头来无话可说。我们有什么可说？棺木里静静地躺着的志摩，戴了一顶红顶绒球青缎子瓜皮帽，帽前还嵌了一小方丝料烧成"帽正"，露出一个掩盖不尽的额角，右额角上一个李子大斜洞，这显然是他的致命伤。眼睛是微张的，他不愿意死！鼻子略略发肿，想来是火灼炙的。门牙脱尽，额角上那个小洞，皆可说明是向前猛撞的结果。这就是永远见得生气勃勃，永远不知道有"敌人"的志摩。这就是他？他是那么爱热闹的人，如今却这样一个人躺在这小庙里。安静地躺在这个小而且破的古庙里，让一堆坛坛罐罐包围着的，便是另外一时生龙活虎一般的志摩吗？他知道他在最后一刻，扮了一角什么样稀奇角色！不嫌脏，不怕静，躺到这个地方，受济南市土制香烟缭绕的门外是一条热闹街市，恰如他诗句中的"有市谣围抱"，真是一件任何人也想象不及的事情。他是个不讨厌世界的人,他欢喜这世界上一切光与色。他欢喜各种热闹,现在却离开了这个热闹世界,向另一个寒冷宁静虚无里走去了。年纪还只三十六岁!由于停棺处空间有限,亲友只能分别轮流走近棺侧看看死者。

各人都在一分凄凉沉默里温习死者生前的声音与光彩,想说话说不出口。仿佛知道这件事得用着另一个中年工人来说话了,他一面把棺木盖挪拢一点,一面自言自语地说,"死了,完了,你瞧他多安静。你难受,他并不难受。"接着且告给我们飞机堕地的形式,与死者躺在机中的情形。以及手臂断折的部分,腿膝断折的部分,胁下肋条骨断折的部分。原来这人就是随同陈先生过出事地点装殓志摩的。志摩遗体的洗涤与整理皆由他一手处置。末了他且把一个小篮子里的一角残余的棉袍,一只血污泥泞透湿的袜子,送给我们看。据他说照情形算来,当飞机同山头一撞时,志摩大致即已死去,并不是撞伤后在痛苦中烧死的传闻,那是不可能的。

十一点听人说飞机骨架业已运到车站,转过车站去看飞机时,各处皆找不着,问车站中人也说不明白,因此又回头到福缘庵,前后在棺木前停下来约三个钟头。雨却越下越大,出庙时各人两脚都是从积水中通过的。

一个在铁路局作事朋友,把起运棺柩的篷车业已交涉停妥,上海来电又说下午五点志摩的儿子同他的亲戚张嘉铸可以赶到济南。上海来人若能及时赶到,棺柩就定于当天晚上十一点上车。

正当我们想过中国银行去找寻陈先生时,上海方面的来人已赶到福缘庵,朱经农夫妇也来了。陈先生也来了。烧了些冥楮,各人谈了些关于志摩前几天离上海南京时的种种,天夜下来了。我们各个这时才记起已一整天还不曾吃饭的事情,被邀到一个馆子去吃饭,作东的是济南中国银行行长某先生。吃过了饭,另一方面起柩上车的来报告人佚业已准备完全,我同北平来的梁思成等三人急忙赶到车站上去等候,八点半钟棺柩上了车。这列车是十一点后方开行的。南行车上,伴了志摩向南的,有南京来的郭有守,上海来的张嘉铸和张慰慈同志摩的儿子徐积锴。从北平来的几个朋友留下在济南,还预备第二天过飞机出事地点看看的。我因为无相熟住处,当夜十点钟就上了回青岛的火车。在站上,车辆同建筑,一切皆围裹在细雨湿雾里。这一次同志摩见面,真算得是最后一次了。我的悲伤或者比其他朋友少一点,就只因为我见到的死亡太多了。我以为志摩智慧方面美丽放光处,死去了是不能再得的,固然十分可惜。但如他那种潇洒与宽容,不拘迂,不俗气,不小气,不势利,以及对于普遍人生万汇百物的热情,人格方面美丽放光处,他既然有许多朋友爱他崇敬他,这些人一定会把那种美丽人格移植到本人行为上来。这些人理解志摩,哀悼志摩,且能学习志摩,一个志摩死去了,这世界不因此有更多的志摩了?

纪念志摩的唯一的方法,应当扩大我们个人的人格,对世界多一分宽容,多一分爱。也就因为这点感觉,志摩死去了三年,我没有写过一句伤悼他的话。志摩人虽死去了,他的做人稀有的精神,应份能够长远活在他的朋友中间,起着良好的影响,我深深相信是必然的。

昆明冬景

新居移上了高处,名叫北门坡,从小晒台上可望见北门门楼上用虞世南体写的"望京楼"的匾额。上面常有武装同志向下望,过路人马多,可减去不少寂寞!我的住屋前面是个大敞坪,敞坪一角有杂树一林。尤加利树瘦而长,翠色带银的叶子,在微风中荡摇,如一面一面丝绸旗帜,被某种力量裹成一束,想展开,无形中受着某种束缚,无从展开。一拍手,就常常可见圆头长尾的松鼠,在树枝间惊窜跳跃。这些小生物又如把本身当成一个球在空中,抛来抛去,俨然在这种抛掷中,就能够得到一种生命自足的乐趣,一种从行为中证实生命存在的欢欣。且间或稍微休息一下,四处顾望,看看它这种行为能不能够引起其它生物的注意。或许会发现，原来一切生物都各有它的"心事"。那个在晒台上拍手的人，眼光已离开尤加利树，向虚空凝眸了。虚空一片明蓝，别无他物。这也就是生物中之一种，"人"，多数人中一种人，目前对于生命存在的意义，他的想象或情感，正在不可见的一种树枝间攀援跳跃，同样略带一点惊惶，一点不安，在时间上转移，由彼到此，始终不息。他是三月前由沅陵坐了二十四天的公路汽车，才独自来到昆明的。

敞坪中妇人孩子虽多，对这件事却似乎都把它看得十分平常，从不曾有谁将头抬起来看看。昆明地方到处是松鼠，许多人对于这小小生物的知识，不过是捉把来卖给"上海人"，值"中央票子"两毛钱到一块钱罢了。站在晒台上的那个人，就正是被本地人称为"上海人"，花用中央票子，来昆明租房子住、工作、过日子的。住到这里来近于凑巧，因凑巧反而不会令人觉得稀奇了。妇人多受雇于附近一个小小织袜厂，终日在敞坪中摇纺车约棉纱。孩子们无所事事，便在敞坪中追逐吵闹，拾捡碎瓦小石子打狗玩。敞坪四面是路，时常有无家狗在树林中垃圾堆边寻东觅西，鼻子贴地各处闻嗅，一见孩子们蹲下，知道情形不妙，就极敏捷地向坪角一端逃跑。有时只露出一个头来，两眼很温和地对孩子们看着，意思像是要说，"你玩你的，我玩我的，不成吗？"有时也成。那就是一个卖牛羊肉的，扛了个木架子，带着官秤，方形的斧头，雪亮的牛耳尖刀，来到敞坪中，搁下架子找寻主顾时。妇女们多放下工作，来到肉架边，讨价还钱。孩子们的兴趣转移了方向。几只野狗便公然到敞坪中来，由经验提高了警惕，先是坐在敞坪一角便于逃跑的地方，远远地看热闹。其次是在一种试探形式中，慢慢地走近人丛里来。直到忘形挨近了肉架边，被那羊屠户见着，扬起长把手斧，大吼一声"畜生，走开！"方肯略略走开，站在人圈子外边，用一种非常诚恳非常热情的态度，略微偏着头，欣赏肉架上的前腿、后腿，以及后腿末端那条带毛小羊尾巴，和搭在架旁那些花油。意思像是觉得不拘什么地方都很好，都无话可说，因此它不说话。它在等待，无望无助地等待。照例妇人们在集群中向羊屠户连嚷带笑，加上各种"神明在上，报应分明"的誓语，这一个证明实在赔了本，那一个证明买下它家用的秤并不大，好好歹歹作成了交易，过了秤，数了钱，得钱的走路，得肉的进屋里去，把肉挂在悬空钩子上，孩子们也随同进到屋里去时，这些狗方趁空走近，把鼻子贴在先前一会搁肉架的地面，闻嗅闻嗅，或得到点骨肉碎渣，一口咬住，就忙匆匆向敞坪空处跑去，或向尤加利树下跑去。树上正有松鼠剥果子吃，果子掉落地上。上海人走过来拾起嗅嗅，有"万金油"气味，微辛而芳馥。

早上六点钟，阳光在尤加利树高处枝叶间，敷上一层银灰光泽。空气寒冷而清爽。敞坪中很静,无一个人,无一只狗。几个竹制纺车瘦骨伶精地搁在一间小板屋旁边。站在晒台上望着这些简陋古老工具,感觉"生命"形式的多方。敞坪中虽空空的,却有些声音仿佛从敞坪中来,在他耳边响着。

"骨头太多了,不要这个腿上大骨头。"

"嫂子,没有骨头怎么走路?"

"曲蟮①有不有骨头?"

"你吃曲蟮?"

"哎哟,菩萨。"

"菩萨是泥的木的,不是骨头做成的。"

"你毁佛骂佛,死后会入三十三层地狱,磨石碾你,大火烧你,饿鬼咬你。"

"活下来做屠户,杀羊杀猪,给你们善男信女吃,做赔本生意,死后我会坐在莲花上,只往上飞,飞到西天一个池塘里,洗个大澡,把一身罪过,一身羊臊血腥气,洗得个干干净净!"

"西天是你们屠户去的?白做梦!"

"好,我不去让你们去。我们做屠户的都不去了,怕你们到那地方肉吃不成!你们都不吃肉,吃长斋,将来西天住

---

① 曲蟮:蚯蚓。

不了，急坏了佛爷，还会骂我们做屠户的，不会做生意。一辈子做赔本生意，不落得人的骂名，还落个佛的骂名。肉你不要，我拿走。"

"你拿走好！肉臭了，看你喂狗吃。"

"臭了我就喂狗吃，不很臭，我把人吃。红焖好了请人吃，还另加三碗包谷烧酒，怕不有人叫我做伯伯、舅舅、干老子。许我每天念莲花经一千遍，等我死后坐朵方桌大金莲花到西天去！"

"送你到地狱里去，投胎变成一只蛤蟆，日夜哗哗呱呱叫。"

"我不上西天，不入地狱，忠贤区区长告我说，姓曾的，你不用卖肉了吧，你住忠贤区第八保，昨天抽壮丁抽中了你，不用说什么，到湖南打仗去。你个子长，穿上军服排队走在最前头，多威武！我说好，什么时候要我去，我就去。我怕无常鬼，日本鬼子我不怕。派定了我，要我姓曾的去，我一定去。"

"××××××××"

"我去打仗，保卫武汉三镇。我会打枪，我亲哥子是机关枪队长！他肩章上有三颗星，三道银边！我一去就要当班长，打个胜仗，我就升排长。打到北京去，赶一群绵羊回云南来做生意，真正做一趟赔本生意！"

接着便又是这个羊屠户和几个妇人各种赌咒的话语。坪中一切寂静，远处什么地方有军队集合，下操场的喇叭声音在润湿空气中振荡。静中有动，他心想：

"武汉已陷落三个月了。"

屋上首一个人家白粉墙刚刚刷好，第二天，就不知被谁某一个克尽厥职的公务员看上了，印上十二个方字。费很多想象把字认清楚后，更费很多想象把意思也弄清楚了。只就中间一句话不大明白，"培养卫生"。这好像是多了两个字或错了两个字。这是小事。然而小事若弄得使人糊涂，不好办理，大处自然更难说了。

一会，带着小小铜项铃的瘦马，驮着粪桶过去了。

一个猴子似的瘦脸嘴人物，从某个人家小小黑门边探出头来，"娃娃，娃娃。"娃娃不回声。见景生情，接着他自言自语说道："你哪里去了？吃屎去了？"娃娃年纪已经八岁，上了学校，可是学校因疏散下了乡，无学校可上，只好终日在敞坪里煤堆上玩。"煤是哪里来的？""从地下挖来的。""作什么用？""可以烧火。"娃娃知道的同一些专门家知道的相差并不很远。那个上海人心想："你这孩子，将来若可以升学，无妨入矿冶系。因为你已经知道煤炭的出处和用途。好些人就因那么一点知识，被人称为专家，活得很有意义！"

娃娃的父亲，在儿子未来发展上，却老做梦，以为长大了应当作设治局长，督办——照本地规矩，当这些差事很容易发财，发了财，买下对门某家那栋房子。上海人越来越多了，到处有人租房子，肯出大价钱。押租又多。放三分利，利上加利，三年一个转。想象因之而丰富异常。

做这种天真无邪的好梦的本地人恐怕正多着，这恰好是一个地方安定与繁荣的基础。

提起这个会令人觉得痛苦，是不是？不提也好。

因为你若爱上了一片蓝天，一片土地，和一群忠厚老实人，你一定将不由自主地嚷："这不成！这不成！天不辜负你们这群人，你们不应当自弃，不应当！得好好地来想办法！你们应当得到的还要多，能够得到的还要多！"

于是必有人问："先生，你这是什么意思？在骂谁？教训谁？想煽动谁？用意何居？"

问得你莫名其妙，不特对于他的意思不明白，便是你自己本来的意思，也会弄糊涂的。话不接头，两无是处。你爱"人类"，他怕"变动"。你"热心"，他"多心"。

"美"字笔画并不多，可是似乎很不容易认识。"爱"字虽人人认识，可是真懂得他意义的人却很少。

北平的印象和感想

——油在水面，就失去了粘腻性质，转成一片虹彩，幻美悦目，不可仿佛。人的意象，亦复如是。有时匀敷布于岁月时间上，或由于岁月时间所作成的幕景上，即成一片虹彩，具有七色，变易倏忽，可以感觉，不易揣摩。生命如泡沤，如露亦如电，唯其如此，转令人于生命一闪光处，发生庄严感印。悲悯之心，油然而生。

十月已临，秋季行将过去。迎接这个一切沉默但闻呼啸的严冬，多少人似乎尚毫无准备。从眼目所及说来，在南方有延长到三十天的满山红叶黄叶，满地露水和白霜。池水清澄明亮，如小孩子眼睛。一些上早学的孩子，一面走一面哈出白气，两只手玩水玩霜不免冻得红红的。于是冬天真来了。在北方则不大相同。一星期狂风，木叶尽脱，只树枝剩余一二红点子，挂枝柿子和海棠果，依稀还留下点秋意。随即是负煤的脏骆驼，成串从四城涌进。从天安门过身时，这些和平生物可能抬起头，用那双忧愁小眼睛望望新油漆过的高大门楼，容许发生一点感慨："你东方最大的一个帝国，四十年，什么全崩溃下来了。这就是只重应付现实缺少高尚理想的教训，也就是理想战胜事实的说明，而且适用于任何时代任何民族。后来者缺少历史知识，还舍不得这些木石砖瓦堆积物，重新装饰它们，用它们来点缀政治，这有何用？……"也容许正在这时，忽然看到那个停在两个大石狮子前面的一件东西，八个或十个轮子，结结实实，一个钢铁管子，斜斜伸出。这一切，虽用一片油布罩上，这生物可明白，那是一种力量，另外一种事实——用来屠杀中国人的美国坦克。到这时，感慨没有了。怕犯禁忌似的，步子一定快了一点，出月洞门转过南池子，它得上那个大图书馆卸煤！还有那个供屠宰用的绵羊群，也挤挤挨挨向四城拥进。说不定在城门洞前时，正值一辆六轮大汽车满载新征发的壮丁由城内驶出来。这一进一出，恰证实古代哲人一生用千言万语也说不透彻的"圣人不仁"和"有生平等"——于是冬天真来了。

这在这个时节,我回到一别九年的北平。心情和二十五年前初到北京下车时相似而不同。我还保留二十岁青年初入百万市民大城的孤独心情在记忆中,还保留前一日南方的夏天光景的感觉中。这两种绝不相同的成分,为一个粮食杂货店中收音机放出的京戏给混和了,第一眼却发现北平的青柿和枣子已上市,共同搁在一辆手推货车上,推车叫卖的"老北京"已白了头。在南方,时常听人作新八股腔论国事说:"此后南京是政治中心,上海是商业中心,北平是文化中心。"话说得虽动人,并不可靠。政治中心照例拥有权势,商业中心照例拥有财富,这个我相信。因为权势和财富都可以改作"美国",两个中心原来就和老米①不可分!至于文化中心,必拥有知识才得人尊敬,必拥有文物才足以刺激后来者怀古感情因而寄希望于未来。北平的知识分子的确不少,但是北平城既那么高,每个人家的墙壁照例又那么厚,知识能否流注交换,能否出城,不免令人怀疑。历史的庄严伟大,在北平文物上,即使不曾保留全部,至少还保留了一部分。可是这些保留下来的,能不能激发一个中国年轻人的生命热忱,或一种感印、思索,引起他对祖国过去和未来一点深刻的爱?能不能由于爱,此后即活得更勇敢些,坚实些,

---

① 老米:老美,凤凰土音,"美"读作"米"。

也合理些？若所保留下来的庄严伟大和美丽缺少对于活人的教育作用，只不过供游人赏玩，供党国军政要人宴客开会，北平的文物，作用也就有限。给予多数人的知识，不过是让人知道前一代满人统治的帝国，奴役人民三百年，用人民血汗建筑有多大的花园，多大的庙宇宫殿，此外实在毫无意义可言。一个美国游览团的团员，具有调查统治中国兴趣的美国军官眷属，格利佛老太太，阿丽思小姐，可以用它来平衡《马可·孛罗游记》①所引起她灵魂骚乱的情感。一个中国人，假如说，一个某种无知自大的中国人，不问马伕或将军，他也许只会觉得他占领征服了北京城，再也不会还想到他站到的脚下，还有历史。在一个虽有历史却无从让许多人明白历史的情形下，北平的文化价值，如何使中国人对之表示应有的关心尊敬和重视，北平有知识的人，教育人的人，实值得思索，值得重新思索，北平的价值和意义，似乎方有希望让人稍稍明白！

北平入秋的阳光，事实上也就可以教育人。从明朗阳光和澄蓝天空中，使我温习起住过近十年的昆明景象。这时节的云南，雨季大致已经过去，阳光同样如此温暖美好，然而继续下去，却是一切有生机的草木枯死。我奇怪北平八年的

---

① 《马可·孛罗游记》：亦作《马可·波罗游记》。马可·波罗，意大利旅行家，1275年至中国，游历中国各地。后依其口述笔录成书，是为《马可·波罗游记》。

沦陷，加上种种新的忌讳，居然还有成群白鸽，敢在用蓝天作背景寒冷空气中自由飞翔。微风刷动路旁的树枝，卷起地面落叶，窸窸窣窣如对于我的疑问有所回答："凡是在这个大城上空绕绕大小圈子的自由，照例是不会受干涉的。这里原有充分的自由，犹如你们在地面，在教室或客厅中……""你这个话可是存心有点……""不，鲁迅早死了。讽刺和他同时死去了已多年。"可是你必然完全同意我说及的事实。这个想象的对话很怪，我疑心有人窃听。试各处看看，没有一个人。街上到处走的是另外一种人。我起始发现满街每个人家屋檐下的一面国旗，提醒我这是个节日，问铺子里人，才知悉和尊师重道有关，当天举行八年来第一回的祭孔大典。全国将在同一日举行这个隆重典礼。我重新想起苏州平江府那个大而荒凉的文庙，这一天文庙两廊豢养的几十匹膘壮日本军马，是不是暂时会由那一排看马的病兵牵出，让守职二十年饿得瘦瘪瘪的苏中苏小那一群老教师，也好进孔庙行个礼，且不至于想到用讲堂作马厩而情感脆弱露出酸态？军马即可暂时牵出，正殿上那些无法计数身份不明的蝙蝠，又如何处理？中国孔庙廊庑用来养马的，一定不止平江府，曲阜那一座可能更甚。这也正说明，北平、南京，师道在仪式上虽被尊敬，其他的地方的教师，却仍在军马与蝙蝠之中讨生活，其无从生活也可想而知。

我起始在北平市大街上散步。想在地面发现一二种小小虫蚁，具有某种不同意志，表现到它本身奇怪造形上，斑驳色彩上，或飞鸣宿食性情上，毫无满意结果。人倒很多，汽车，三轮车，洋车，自行车上面都有人。街路宽阔而清洁，车辆上的人都似乎不必担心相互撞碰。可是许多人一眼看去样子都差不多，睡眠不足，营养不足。吃得胖胖的特种人物，包含伟人和羊肉馆掌柜，神气之间即有相通处。俨然已多少代都生活在一种无信心，无目的，无理想情形中，脸上各部官能因不曾好好运用，都显出一种疲倦或退化神情。另外一种，即是油滑，市侩乡愿官僚侦探特有的装作憨厚混和谦虚的油滑。他也许正想起从什么三郎小村转手的某注产业的数目，他也许正计划如何用过去与某某有田、有岛活动的方式又来参加什么文化活动，也许还得到某种新的特许……然而从深处看，这种人却又一律有种做人的是非与义利冲突，羞耻与无所谓冲突而遮掩不住的凄苦表情。在这种人群中散步，我当然不免要胡思乱想。我们是不是还有方法，可以使这些人恢复正常人的反应，多有一点生存兴趣，能够正常地哭起来笑起来？我们是不是还可望另一种人在北平市不再露面，为的是他明白羞耻二字的含义，自己再也不好意思露面？我们是不是对于那个更年轻的一辈，从孩子时代起始，在教育中应加强一点什么成分，如营养中的维他命，使他们生长中的生命，待发展的情绪，得到保护，方可望能抗抵某种抽象恶性疾病的传染，方可望于成年时能对于腐烂人类灵魂的事事物物，能有一点抵抗力？

我们似乎需要"人"来重新写作"神话"。这神话不仅是综合过去人类的抒情幻想与梦，加以现世成分重新处理，还应当综合过去人类求生的经验，以及人类对于人的认识，为未来有所安排，有个明天威胁他，引诱他。也许教育这个坐在现实滚在现实里的多数，任何神话都已无济于事。然而还有那个在生长中的孩子群，以及从国内各地集中在这个大城的青年学生群，很显明的事，即得从宫殿，公园，学校中的图书馆或实验室以外，还要点东西，方不至于为这个大城中的历史暮气与其他新的有毒不良气息所中，失去一个中国人对人生向上应有的信心，要好好地活也能够更好地活的信心！在某种意义上说来，这个信心更恰当名称或叫作"野心"。即寄生于这一片黄土上年轻的生命，对社会重造国家重造应有的野心。若事实上教书的，做官的，在一切社会机构中执事服务的，都害怕幻想，害怕理想，认为是不祥之物，决不许与现实生活发生关系时，北平的明日真正对人民的教育，恐还需要寄托在一种新的文学运动上。文学运动将从一更新的观点起始，来着手，来展开。

想得太远，路不知不觉也走得远了些。一下子我几乎撞到一个拦路电网上。你们可曾想得到，北平目前还有什么地方没有不固定性的铁丝网点缀胜利一年后的古城？

两个人起始摸我的身上，原来是检查。从后方有昆明来的教师，似不必需要人用这种不愉快的按摩表示敬意。但我不曾把我身份说明，因为这是个尊师重道的教师节，免得在我这个"复杂"头脑和另一位"统一"头脑中，都要发生混乱印象。

好在我头脑装的虽多，身上带的可极少，所以一会儿即通过了。回过头看看时，正有两个衣冠整齐的绅士下车等待检查，样子谦和而恭顺。我知道这两位近十年中一定不曾离开北京，因为困辱了十年，已成习惯，容易适应。

北平的冬天来了，许多人都担心御寒的燃料会有问题。然而，北平十分严重地缺少的不仅仅是煤。煤只能暖和身体，却无从暖和这个大城市中百万人的疲惫僵硬的心！我们可曾想到在一些零下三十度的地方，还有五十万人在冰天雪地中打仗？虽说那是离北平城很远很远地方的事，却是一件真实事，发展下去可能有二十万壮丁的伤亡，千百万人民的流离转徙，比缺煤升火炉严重得多！若我们住在北平城里的读书人，能把缺煤升大火炉的忧虑，转而体会到那零下三十度的地方战事如何在进行，到十二月我们的课堂即再冷一些，年轻学生也不会缺课，或因缺少火炉而生埋怨。因为读书人纵无能力制止这一代战争的继续，至少还可以鼓励更年轻一辈，对国家有一种新的看法，到他们处置这个国家一切时，决不会还需要用战争来调整冲突和矛盾！如果大家苦熬了八年回到了北平，连这点兴趣也打不起，依然只认为这是将军、伟人、壮丁、排长的事情,和自己全不相干,很可能我们的儿女,就免不了会有一天以此为荣,参加热闹。为人父或教人子弟的,实不能不把这些事想得远一点,深一点!

一九四六年八月九日作

五月卅下十点北平宿舍[①]

很静,不过十点钟。忽然一切都静下来了,十分奇怪。第一回闻窗下灶马振翅声。试从听觉搜寻远处,北平似乎全静下来了,十分奇怪。不大和平时相近。远处似闻有鼓声连续。我难道又起始疯狂?

两边房中孩子鼾声清清楚楚。有种空洞游离感起于心中深处,我似乎完全孤立于人间,我似乎和一个群的哀乐全隔绝了。绿色的灯光如旧,桌上稿件零乱如旧,靠身的写字桌已跟随了我十八年,桌上一个相片,十九年前照的,丁玲还

---

① 此文写于1949年5月30日。

像是极熟习，那时是她丈夫死去二月，为送她遗孤回到湖南去，在武昌城头上和叔华一家人照的。抱在叔华手中的小莹，这时已入大学，还有那个遗孤韦护，可能已成为一个青年壮士——我却被一种不可解的情形，被自己的疯狂，游离于群外，而面对这个相片发呆。

十分钟前从收音机中听过《卡门》前奏曲，《蝴蝶夫人》曲，《茶花女》曲，一些音的涟漪与坡谷，把我生命带到许多似熟习又陌生过程中，我总想喊一声，却没有作声，想哭哭，没有眼泪，想说一句话，不知向谁去说。

我的家表面上还是如过去一样，完全一样，兆和健康而正直，孩子们极知自重自爱，我依然守在书桌边，可是，世界变了，一切失去了本来意义。我似乎完全回复到了许久遗忘了的过去情形中，和一切幸福隔绝，而又不悉悲哀为何事，只茫然和面前世界相对，世界在动，一切在魂，我却静止而悲悯地望见一切，自己却无份，凡事无份。我没有疯！可是，为什么家庭还照旧，我却如此孤立无援无助地存在。为什么？究竟为什么？你回答我。

我在毁灭自己。什么是我？我在何处？我要什么？我有什么不愉快？我碰着了什么事？想不清楚。

我希望继续有音乐在耳边回旋，事实上只是一群小灶马悉悉叫着。我似乎要呜咽一番，我似乎并这个已不必需。我活在一种可怕孤立中，什么都极分明，只不明白我自己站在什么据点上，在等待些什么，在希望些什么。

夜静得离奇。端午快来了，家乡中一定是还有龙船下河。翠翠，翠翠，你是在一〇四小房间中酣睡，还是在杜鹃声中想起我，在我死去以后还想起我？翠翠，三三，我难道又疯狂了？我觉得吓怕，因为一切十分沉默，这不是平常情形。难道我应当休息了？难道我……

我在搜寻丧失了的我。

很奇怪，为什么夜中那么静。我想喊一声，想哭一哭，想不出我是谁，原来那个我在什么地方去了呢？就是我手中的笔，为什么一下子会光彩全失，每个字都若冻结到纸上，完全失去相互间关系，失去意义？

湘西苗族的艺术

你歌没有我歌多,我歌共有三只牛毛多,
唱了三年六个月,刚刚唱完一只牛耳朵。

这是我家乡看牛孩子唱歌比赛时一首山歌,健康、快乐,还有点谐趣,唱时听来真是彼此开心。原来作者是苗族还是汉人,可无从知道,因为同样的好山歌,流行在苗族自治州十县实在太多了。

凡是到过中南兄弟民族地区住过一阵的人,对于当地人民最容易保留到印象中的有两件事:即"爱美"和"热情"。

"爱美"表现于妇女的装束方面特别显著。使用的材料，尽管不过是一般木机深色的土布，或格子花，或墨蓝浅绿，袖口裤脚多采用几道杂彩美丽的边缘，有的是别出心裁的刺绣，有的只是用普通印花布零料剪裁拼凑，加上个别有风格的绣花围裙，一条手织花腰带，穿上身就给人一种健康、朴素、异常动人的印象。再配上些飘乡银匠打造的首饰，在色彩配合上和整体效果上，真是和谐优美。并且还让人感觉到，它反映的不仅是个人爱美的情操，还是这个民族一种深厚悠久的文化。

这个区域居住的三十多万苗族，除部分已习用汉文，本族还无文字。"热情"多表现于歌声中。任何一个山中地区，凡是有村落或开垦过的田土地方，有人居住或生产劳作的处所，不论早晚都可听到各种美妙有情的歌声。当地按照季节敬祖祭神必唱各种神歌，婚丧大事必唱庆贺悼慰的歌，生产劳作更分门别类，随时随事唱着各种悦耳开心的歌曲。至于青年男女恋爱，更有唱不完听不尽的万万千千好听山歌。即或是行路人，彼此漠不相识，有的问路攀谈，也是用唱歌方式进行的。许多山村农民和陌生人说话时，或由于羞涩，或由于窘迫，口中常疙疙瘩瘩，辞难达意。如果换个方法，用歌词来叙述，即物起兴，出口成章，简直是个天生诗人。每个人似乎都有一种天赋，一开口就押韵合腔。刺绣挑花艺术限于女人，唱歌却不拘男女，本领都高明在行。

这种好歌手，通常必然还是个在本村本乡出力得用的好人，合作社优秀生产者，善于团结群众的乡干部。不论是推磨打豆腐，或是箍桶、作篁子的木匠篾匠，手艺也必然十分出色。他或她的天才，在当地所起的作用，是使得彼此情感流注，生命丰富润泽，更加鼓舞人热爱生活和工作。即或有些歌近于谐趣和讽刺，本质依然是十分健康的。这还只是指一般会唱歌的人和所唱的歌而言。

至于当地一村一乡特别著名的歌手，和多少年来被公众承认的"歌师傅"，那唱歌的本领，自然就更加出色惊人！

一九五六年冬天十二月里，我回到家乡，在自治州首府吉首，就过了三个离奇而且值得永远记忆的晚上。那时恰巧中央民族音乐研究所有个专家工作组共四个人一同到了自治州，做苗歌录音记谱工作。自治州龙副州长，特别为邀了四位苗族唱歌高手到州上来。天寒地冻，各处都结了冰，院外空气也仿佛冻结了，我们却在自治州新办公大楼会议室，烧了两盆大火，围在火盆边，试唱各种各样的歌，一直唱到夜深还不休息。其中两位男的，一个是年过七十的老师傅，一脑子的好歌，真像是个宝库，数量还不止三只牛毛多，即唱三年六个月，也不过刚刚唱完一只牛耳朵。一个年过五十的小学校长，除唱歌外还懂得许多苗族动人传说故事。真是"洞河的水永远流不完，歌师傅的歌永远唱不完"。两个女的年纪都极轻：一个二十岁，又会唱歌又会打鼓，一个只十七岁，喉咙脆脆的，唱时还夹杂些童音。歌声中总永远夹着笑声,微笑时却如同在轻轻唱歌。

大家围坐在两个炭火熊熊的火盆边,把各种好听的歌轮流唱下去,一面解释一面唱。副州长是个年纪刚过三十的苗族知识分子。州政协秘书长,也是个苗族知识分子,都懂歌也会唱歌,陪我们坐在火盆旁边,一面为大家剥橘子,一面做翻译。解释到某一句时,照例必一面搔头一面笑着说:"这怎么办!简直没有办法译,意思全是双关的,又巧又妙,本事再好也译不出!"小学校长试译了一下,也说:"有些实在译不出。正如同小时候看到天上雨后出虹,多好看,可说不出!古时候考状元一定比这个还方便!"说得大家笑个不止。

虽然很多歌中的神韵味道都难译,我们从反复解释出的和那些又温柔、又激情、又愉快的歌声中,享受的已够多了。那个年纪已过七十的歌师傅,用一种低沉的,略带一点鼻音的腔调,充满了一种不可言说的深厚感情,唱着苗族举行刺牛典礼时迎神送神的歌词,随即由那个十七岁的女孩子接着用一种清朗朗的调子和歌时,真是一种稀有少见杰作。即或我们一句原词听不懂,又缺少机会眼见那个祭祀庄严热闹场面,彼此生命间却仿佛为一种共通的庄严中微带抑郁的情感流注浸润。让我想象到似乎就正是二千多年前伟大诗人屈原到湘西来所听到的那些歌声。照历史记载,屈原著名的《九歌》,原本就是从那种古代酬神歌曲衍化出来的。本来的神曲，却依旧还保留在这地区老歌师和年轻女歌手的口头传述中，各有千秋。

年纪较长的女歌手，打鼓跳舞极出色。年纪极轻的叫龙莹秀，脸白白的，眉毛又细又长，长得秀气而健康，一双手大大的，证明从不脱离生产劳动。初来时还有些害羞，老把一双手插在绣花围腰裙的里边。不拘说话或唱歌，总是天真无邪地笑着。像是一树映山红，在细雨阳光下开放。在她面前，世界一切都是美好的，值得含笑相对，不拘唱什么，总是出口成章。偶然押韵错了字，不合规矩，给老师傅或同伙指点纠正时，她自己就快乐得大笑，声音清脆又透明，如同大小几个银铃子一齐摇着，又像是个琉璃盘装满翠玉珠子滚动不止。事实上我这种比拟形容是十分拙劣很不相称的。因为任何一种比方，都难于形容充满青春生命健康愉快的歌声和笑声，只有好诗歌和好音乐有时还能勉强保留一个相似的印象，可是我却既不会写诗又不会作曲！

这时，我回想起四十多年前作小孩时，在家乡山坡间听来的几首本地山歌，那歌是：

> 天上起云云起花，包谷林里种豆荚，
> 豆荚缠坏包谷树，娇妹缠坏后生家。
> 娇家门前一重坡，别人走少郎走多，
> 铁打草鞋穿烂了，不是为你为哪个？

当时我也还像个看牛娃儿，只跟着砍柴拾菌子的听他们信口唱下去。知道是年轻小伙子逗那些上山割草砍柴拾菌子的年轻苗族姑娘"老弥""代帕"唱的，可并不懂得其中深意。可是那些胸脯高眉毛长眼睛光亮的年轻女人，经过了四十多年，我却还记忆得十分清楚。现在才明白产生这种好山歌实有原因。如没有一种适当的对象和特殊环境作为土壤，这些好歌不会生长，这些歌也不会那么素朴、真挚而美妙感人。这些歌是苗汉杂居区汉族牧童口中唱出的，比起许多优秀苗歌来，还应当说是次等的次等。

苗族男女的歌声中反映的情感内容，在语言转译上受了一定限制，因之不容易传达过来。但是她们另外一种艺术上的天赋，反映到和生活密切关联的编织刺绣，却不待解释比较容易欣赏理解。这里介绍的挑花绣，是自治州所属凤凰县收集来的。地名凤凰县，凤穿牡丹的主题图案，在这个地区保存得也就格外多而好。图案组织的活泼、生动而又充满了一种创造性的大胆和天真，显然和山歌一样，是共同从一个古老传统人民艺术的土壤里发育长成的。这些花样虽完成于十九世纪，却和二千多年前楚文化中反映到彩绘漆器上和青铜镜子的主题图案一脉相通。同样有青春生命的希望和欢乐情感在飞跃，在旋舞，并且充满一种明确而强烈的韵律节奏感。可见，它的产生存在都不是偶然的，实源远流长而永远新鲜，是祖国人民共同文化遗产一部分，不仅在过去丰富了当地劳动人民生活的内容，在未来，还必然会和年轻生命结合，作出各种不同的有光辉的新发展。为的是人民已自己当家作主，凡是美好的事物，优秀的天赋，必然都会受到重视，并且得到合理的发展。

从文家书

这时节我软弱得很,因为我爱了世界,爱了人类。三三,倘若我们这时正是两人同在一处,你瞧我眼睛湿到什么样子!

小船上的信①

船在慢慢地上滩,我背船坐在被盖里,用自来水笔来给你写封长信。这样坐下写信并不吃力,你放心。这时已经三点钟,还可以走两个钟头,应停泊在什么地方,照俗谚说:"行船莫算,打架莫看",我不过问。大约可再走廿里,应歇下时,船就泊到小村边去,可保平安无事。船泊定后我必可上岸去画张画。你不知见到了我常德长堤那张画不?那张窄的长的。这里小河两岸全是如此美丽动人,我画得出它的轮

---

① 本辑所选书信均为沈从文致张兆和。此信写于1934年1月13日,收入《湘行书简》。

廓，但声音、颜色、光，可永远无本领画出了。你实在应来这小河里看看，你看过一次，所得的也许比我还多，就因为你梦里也不会想到的光景，一到这船上，便无不朗然入目了。这种时节两边岸上还是绿树青山，水则透明如无物，小船用两个人拉着，便在这种清水里向上滑行，水底全是各色各样的石子。舵手抿起个嘴唇微笑，我问他："姓什么？""姓刘。""在这条河里划了几年船？""我今年五十三，十六岁就划船。"来，三三，请你为我算算这个数目。这人厉害得很，四百里的河道，涨水干涸河道的变迁，他无不明明白白。他知道这河里有多少滩，多少潭。看那样子，若许我来形容形容，他还可以说知道这河中有多少石头！是的，凡是较大的，知名的石头，他无一不知！水手一共是三个，除了舵手在后面管舵管篷管纤索的伸缩，前面舱板有两个人。其中一个是小孩子，一个是大人。两个人的职务是船在滩上时，就撑急水篙，左边右边下篙，把钢钻打得水中石头作出好听的声音。到长潭时则荡桨，躬起个腰推扳长桨，把水弄得哗哗的，声音也很幽静温柔。到急水滩时，则两人背了纤索，把船拉去，水急了些，吃力时就伏在石滩上，手足并用地爬行上去。船是只新船，油得黄黄的，干净得可以作为教堂的神龛。我卧的地方较低一些，可听得出水在船底流过的细碎声音。前舱用板隔断，故我可以不被风吹。我坐的是后面，凡为船后的天、地、水，我全可以看到。我就这样一面看水一面想你。我快乐，就想应当同你快乐；我闷，就想要你在我必可以不闷。我同船老板吃饭，我盼望你也在一角吃饭。我至少还得在船上过七个日子，还不把下行的计算在内。你说，这七个日子我怎么办？天气又不很好，并无太阳，天是灰灰的，一切较远的边岸小山同树木，皆裹在一层轻雾里，我又不能照相，也不宜画画。看看船走动时的情形，我还可以在上面写文章，感谢天，我的文章既然提到的是水上的事，在船上实在太方便了。倘若写文章得选择一个地方，我如今所在的地方是太好了一点的。不过我离得你那么远，文章如何写得下去。"我不能写文章，就写信。"我这么打算，我一定做到，我每天可以写四张，若写完四张事情还不说完，我再写。这只手既然离开了你，也只有那么来折磨它了。

我来再说点船上事情吧。船现在正在上滩，有白浪在船旁奔驰，我不怕，船上除了寂寞，别的是无可怕的。我只怕寂寞。但这也正可训练一下我自己。我知道对我这人不宜太好，到你身边，我有时真会使你皱眉，我疏忽了你，使我疏忽的原因便只是你待我太好，纵容了我。但你一生气，我即刻就不同了。现在则用一件人事把两人分开，用别离来训练我，我明白你如何在支配我管领我！为了只想同你说话，我便钻进被盖中去，闭着眼睛。你瞧，这小船多好！你听，水声多幽雅！你听，船那么轧轧响着，它在说话！它说："两个人尽管说笑,不必担心那掌舵人。他的职务在看水,他忙着。"船真轧轧地响着。可是我如今同谁去说?我不高兴!

梦里来赶我吧,我的船是黄的,船主名字叫做"童松柏",桃源县人。尽管从梦里赶来,沿了我所画的小堤一直向西走,沿河的船虽万万千千,我的船你自然会认识的。这里地方狗并不咬人,不必在梦里为狗吓醒!

你们为我预备的铺盖,下面太薄了点,上面太硬了点,故我很不暖和,在旅馆已嫌不够,到了船上可更糟了。盖的那床被大而不暖,不知为什么独选着它陪我旅行。我在常德买了一斤腊肝,半斤腊肉,在船上吃饭很合适……莫说吃的吧,因为摇船歌又在我耳边响着了,多美丽的声音!

我们的船在煮饭了,烟味儿不讨人嫌。我们吃的饭是粗米饭,很香很好吃。可惜我们忘了带点豆腐乳,忘了带点北京酱菜。想不到的是路上那么方便,早知道那么方便,我们还可带许多北京宝贝来上面,当"真宝贝"去送人!

你这时节应当在桌边做事的。

山水美得很,我想你一同来坐在舱里,从窗口望那点紫色的小山。我想让一个木筏使你惊讶,因为那木筏上面还种菜!我想要你来使我的手暖和一些……

十三日下午五时

水手们
——三三专利读物[①]

天气真冷。昨晚船歇到曾家河,睡得不好,醒了许多次,全是冷醒的。醒了以后就有许久不能再睡去,常常擦自来火看小表的时间。皮袍子全搭到上面还不济事,我悔当时不肯带褥子来。

睡不着时我就心想:若落点雪多好。照南方规矩,天太冷了必落雪,一落了雪天就暖和了。天亮时船篷沙沙地响,有人说"落了雪",我忘了天气,只描摹那雪景。到后天已大亮时,看看雪已落了很多,气候既不转好,各个船又不能

[①] 此信写于1934年1月14日,收入《湘行书简》。

开动,你想,半路上停顿下来多急人。这样蹲下去两头无着,我是受不了的。我的船既是包定的,我的日子又有限度,不开船可不行!故我为他们称几斤鱼,这几斤鱼把船弄活动了,这时节的船,已离开原泊地方二十多里了。天气还是极冷,船仍然在用篙桨前进,两岸全是白色,河水清明如玉。一切都好得很!我要你!倘若两个人在这小船上,就一切全不怕了。想到南方天气已那么冷,北方还不知冻到什么样子。我恐怕你寂寞得很,又怕你被人麻烦,被事麻烦,我因此事也做不下去。

这船今天能歇到什么地方,我不明白,船上人也不明白。这时已十二点钟,两岸有鸡叫,有狗叫,有人吵骂声音,我算算你们应在桌边吃午饭了。我估计你们也正想到我。我心里很烦乱……

今天太冷,我的画也不能着手了。我只坐在被盖里,把纸本子搁在膝上写信,但一面写字一面就不快乐。我忙着到家,也忙着回转北京,但是天知道,这小船走得却如何慢!天气既那么冷,还得使三个划船人在水里风里把船弄上去,心中又不安。使他们高兴倒容易,晚上各人多吃半斤肉,这船就可以在水面上飞。可是我自己,却应当怎么办?三三,我自己真不知道如何办。做了点文章,又做不下去。校改了自己的书一遍,又觉得书也写得平平常常,不足注意。看看四丫头的相同你的相,就想起为四丫头改的文章,还无完成的希望，不知远处有个候补作家，正在如何怨我。照照镜子，镜中的我可瘦得怕人。当真的，人这样瘦，见了家中人又怎么办？我实在希望我回到家中时较肥一点，但天气那么坏，船那么慢，你隔得我又那么远，我有什么办法可以胖些？这么走路上可能要廿多天！

我心里有点着急。但是莫因我的着急便难过。在船上的一个，是应当受点罪，请把好处留给我回来，把眼泪与一切埋怨皆留到我回来再给我，现在还是好好地做事，好好地过日子吧。

我想我的信一定到得不大有秩序，我还担心有些信你收不到。因为在平汉车上发的六七封信，差不多全是交托车站上巡警发的，那些巡警即或不至于把信失掉，也许一搁在袋子里就是两天，保不定长沙的信到时，河南的信反而不到！

我又听到摇橹人歌声了，好听得很。但越好听也就越觉得船上没有你真无意思……

三三，我今天离开你一个礼拜了。日子在旅行人看来真不快，因为这一礼拜来，我不为车子所苦，不为寒冷所苦，不为饮食马虎所苦，可是想你可太苦了。

路上的鱼很好，大而活鲜鲜的鱼，一毛二分钱一斤，用白水煮熟实在好吃得很。这河里原本出好鱼，最好的是青鱼，鲜得如海味，你不吃过也就想不到那个好处。

船停了，真静。一切声音皆像冷得凝固了，只有船底的水声，轻轻地轻轻地流过去。这声音使人感觉到它，几乎不是耳朵，却只是想象。但当真却有声音。水手在烤火，在默默地烤火。

说到水手，真有话说了。三个水手有两个每说一句话中必有个野话字眼儿在前面或后面，我一天来已跟他们学会三十句野话。他们说野话同使用符号一样，前后皆很讲究。倘若不用，那么所说正文也就模糊不清了。我很稀奇，不明白他们从什么方面学来这种野话。

船又开了，为了开船，这船上舵手同水手谈论天气，我试计算计算，十九句话中就说了十七个坏字眼儿。仿佛一世的怨愤，皆得从这些野话上发泄，方不至于生病似的。说到他们的怨愤，我又想起这些人的生活来了。我这次坐这小船，说定了十五块钱到地。吃白饭则一千文一天，合一角四分。大约七天方可到地，船上共用三人，除掉舵手给另一岸上船主租钱五元外，其余轮派到水手的，至多不过两块钱。即作为两块钱，则每天仅两毛多一点点。像这样大雪天气，两毛钱就得要人家从天亮拉起一直到天黑，遇应当下水时便即刻下水，你想，多不公平的事！但这样船夫在这条河里至少就有卅万，全是在能够用力时把力气卖给人，到老了就死掉的。他们的希望只是多吃一碗饭，多吃一片肉，拢岸时得了钱，就拿去花到吊脚楼上女人身上去，一回两回，钱完事了，船又应当下行了。天气虽有冷热，这些人生活却永远是一样的。他们也不高兴，为了船搁浅，为了太冷太热，为了租船人太苛刻。他们也常大笑大乐，为了顺风扯篷，为了吃酒吃肉，为了说点粗糙的关于女人的故事。他们也是个人，但与我们都市上的所谓"人"却相离多远！一看到这些人说话，一同到这些人接近，就使我想起一件事情，我想好好地来写他们一次。我相信若我动手来写，一定写得很好。但我总还嫌力量不及，因为本来这些人就太大了。三三，这些船夫你若见到时，一定也会发生兴味的。船夫分许多种，最活泼有趣勇敢耐劳的为麻阳籍水手，大多数皆会唱会闹，做事一股劲儿，带点憨气，且野得很可爱。麻阳人划船成为专业，一条辰河至少就应当有廿万麻阳船夫。这些人的好处简直不是一个人用口说得尽的，你若来，你只需用眼睛一看就相信我的话了。我过一阵下行，就想搭麻阳船。

三三，你若坐了一次这样小船，文章也一定可以写得好多了。因为船上你就可以学许多，水上你也可以学许多，两岸你还可以学许多！

我回来时当为你照些水手相来，还为你照个住吊脚楼的青年乡下妓女相来（只怕片子太少，到了城中就完事了）。这些人都可爱得很，你一定欢喜他们。

我颈脖也写木了，位置不对，我歇歇，晚上在蜡烛下再告你些。

二哥
十四下午一点

夜泊鸭窠围[①]

十六日下午六点五十分

我小船停了,停到鸭窠围。早时候写信提到的"小阜平冈"应当名为"洞庭溪"。鸭窠围是个深潭,两山翠色逼人,恰如我写到翠翠的家乡。吊脚楼尤其使人惊讶,高矗两岸,真是奇迹。两山深翠,惟吊脚楼屋瓦为白色,河中长潭则湾泊木筏廿来个,颜色浅黄。地方有小羊叫,有妇女锐声喊"二老""小牛子",且听到远处有鞭炮声,与小锣声。到

[①] 此信写于1934年1月16日,收入《湘行书简》。

这样地方，使人太感动了。四丫头若见到一次，一生也忘不了。你若见到一次，你饭也不想吃了。

我这时已吃过了晚饭，点了两支蜡烛给你写报告。我吃了太多的鱼肉。还不停泊时，我们买鱼，九角钱买了一尾重六斤十两的鱼，还是顶小的！样子同飞艇一样，煮了四分之一，我又吃四分之一的四分之一，已吃得饱饱的了。我生平还不曾吃过那么新鲜那么嫩的鱼，我并且第一次把鱼吃个饱。味道比鲥鱼还美，比豆腐还嫩，古怪的东西！我似乎吃得太多了点，还不知道怎么办。

可惜天气太冷了，船停泊时我总无法上岸去看看。我欢喜那些在半天上的楼房。这里木料不值钱，水涨落时距离又太大，故楼房无不离岸卅丈以上，从河边望去，使人神往之至。我还听到了唱小曲声音，我估计得出，那些声音同灯光所在处，不是木筏上的簰头在取乐，就是有副爷们船主在喝酒。妇人手上必定还戴得有镀金戒指。多动人的画图！提到这些时我是很忧郁的，因为我认识他们的哀乐，看他们也依然在那里把每个日子打发下去，我不知道怎么样总有点忧郁。正同读一篇描写西伯利亚方面农人的作品一样，看到那些文章，使人引起无言的哀戚。我如今不止看到这些人生活的表面，还用过去一分经验接触这种人的灵魂。真是可哀的事！我想我写到这些人生活的作品，还应当更多一些！我这次旅行，所得的很不少。从这次旅行上，我一定还可以写出很多动人的文章!

　　三三,木筏上火光真不可不看。这里河面已不很宽,加之两面山岸很高(比劳山高得远),夜又静了,说话皆可听到。羊还在叫。我不知怎么的,心这时特别柔和。我悲伤得很。远处狗又在叫了,且有人说"再来,过了年再来!"一定是在送客,一定是那些吊脚楼人家送水手下河。

　　风大得很,我手脚皆冷透了,我的心却很暖和。但我不明白为什么原因,心里总柔软得很。我要傍近你,方不至于难过。我仿佛还是十多年前的我,孤孤单单,一身以外别无长物,搭坐一只装载军服的船只上行,对于自己前途毫无把握,我希望的只是一个四元一月的录事职务,但别人不让我有这种机会。我想看点书,身边无一本书。想上岸,又无一个钱。到了岸必须上岸去玩玩时,就只好穿了别人的军服,空手上岸去,看看街上一切,欣赏一下那些小街上的片糖,以及一个铜元一大堆的花生。灯光下坐着扯得眉毛极细的妇人。回船时,就糊糊涂涂在岸边烂泥里乱走,且沿了别人的船边"阳桥"渡过自己船上去,两脚全是泥,刚一落舱还不及脱鞋,就被船主大喊:"伙计副爷们,脱鞋呀。"到了船上后,无事可做,夜又太长,水手们爱玩牌的,皆蹲坐在舱板上小油灯下玩牌,便也镶拢去看他们。这就是我,这就是我!三三,一个人一生最美丽的日子,十五岁到廿岁,便恰好全是在那么情形中过去了,你想想看,是怎么活下来的!

万想不到的是，今天我又居然到这条河里，这样小船上，来回想温习一切的过去！更想不到的是我今天却在这样小船上，想着远远的一个温和美丽的脸儿，且这个黑脸的人儿，在另一处又如何悬念着我！我的命运真太可玩味了。

我问过了划船的，若顺风，明天我们可以到辰州了。我希望顺风。船若到得早，我就当晚在辰州把应做的事做完，后天就可以再坐船上行。我还得到辰州问问，是不是云六①已下了辰。若他在辰州，我上行也方便多了。

现在已八点半了，各处还可听到人说话，这河中好像热闹得很。我还听到远远的有鼓声，也许是人还愿。风很猛，船中也冰冷的。但一个人心中倘若有个爱人，心中暖得很，全身就冻得结冰也不碍事的！这风吹得厉害，明天恐要大雪。羊还在叫，我觉得稀奇，好好地一听，原来对河也有一只羊叫着，它们是相互应和叫着的。我还听到唱曲子的声音，一个年纪极轻的女子喉咙，使我感动得很。我极力想去听明白那个曲子，却始终听不明白。我懂许多曲子。想起这些人的哀乐，我有点忧郁。因这曲子我还记起了我独自到锦州，住在一个旅馆中的情形，在那旅馆中我听到一个女人唱大鼓书，给赶骡车的客人过夜，唱了半夜。我一个人便躺在一个大炕上听窗外唱曲子的声音，同别人笑语声。这也是二

---

① 云六：作者的大哥沈云六。

哥！那时节你大概在暨南读书①，每天早上还得起床来做晨操！命运真使人惘然。爱我，因为只有你使我能够快乐！

二哥

我想睡了。希望你也睡得好。十六下八点五十

---

① 指暨南大学女子部（中学），在南京。

歪了一下

一月十七日上午十点卅五分

这河水可不是玩意儿。我的小船在滩上歪了那么一下,一切改了样子,船进了点水,墨水全泼尽了,书、纸本子、牙刷、手巾,全是墨水。许多待发的信封面上也全是墨水。箱子侧到一旁,一切家伙皆侧到一旁,再来一下可就要命。但很好,就只那么一次危险。很可惜的是掉了我那支笔,又泼尽了那瓶墨水,信却写不成了。现在的墨水只是一点点瓶底残余,笔却是你的自来水笔。更可惜的是还掉了一支……你猜去吧。

这是我小船第一次遇险，等等也许还得有两次这种事情，但不碍事，"吉人天相"，决不会有什么大事。很讨厌的是墨水已完，纸张又湿，我的信却写不成了。我还得到辰州去补充一切，不然无法再报告你一切消息。好在残余的墨水至少总还可以够我今天用它，到了明天，我却已可以买新的墨水了。在危险中我本来还想照个相，这点从容我照例并不缺少的，可是来不及照相，我便滚到船一边了。说到在危险中人还从从容容，我记起了十二年前坐那军服船上行，到一个名为"白鸡关"的情形来了。那时船正上滩，忽然掉了头，船向下溜去。船既是上行的，到上滩时照例所有水手皆应当去拉纤，船上只有一个拦头一掌梢的，两个人在急滩上驾只大船可不容易，因此在斜行中船就乓地同石头相磕，顷刻之间船已进了水，且很快地向下溜去。我们有三个朋友在船上，两人皆吓慌了，我可不在乎。我看好了舱板同篙子，再不成，我就向水中跳。但很好，我们居然不用跳水还拢了岸，水过船面两寸许，只湿了我们的脚。一切行李皆拿在手上，一个小包袱，除了两只脚沾了点水以外，什么也不湿。故这次打船经验可以说是非常合算的。我们还在那河滩上露宿一夜，可以说干赚得这一夜好生活！这次坐的船太小了点，还无资格遇这种危险，你不用为我担心，反应为我抱屈，因为多有次危险经验，不是很有意思的事么？

那支笔我觉得有点可惜，因为这次旅行的信，差不多全是它写的。现在大致很孤独地卧在深水里，间或有一只鱼看到那么一个金色放光的笔尖，同那么一个长长的身体，觉得奇异时，会游过去嗅嗅，又即刻走开了。想起它那躺在深水里慢慢腐去，或为什么石头压住的情形，我这时有点惆怅。凡是我用过的东西，我对它总发生一种不可言说的友谊，我不知道这是什么原因。

我们的船又在上滩了，不碍事，我心中有你，我胆儿便稳稳的了。眼看到一个浪头跟着一个浪头从我船旁过去，我不觉得危险，反而以为你无法经验这种旅行极可惜。

又有了橹歌，同滩水相应和，声音雍容典雅之至。我歇歇，看看水，再来告你。我担心墨水不够我今天应用，故我的信也好像得悭吝一些了。

二哥

十七日上十一点卅五分

历史是一条河[1]

十八日下午二时卅分

我小船已把主要滩水全上完了,这时已到了一个如同一面镜子的潭里,山水秀丽如西湖,日头已出,两岸小山皆浅绿色。到辰州只差十里,故今天到地必很早。我照了个相,为一群拉纤人照的。现在太阳正照到我的小船舱中,光景明媚,正同你有些相似处。我因为在外边站久了一点,手已发了木,故写字也不成了。我一定得戴那双手套的,可是这同写信

---

[1] 此信写于1934年1月18日,收入《湘行书简》。

恰好是鱼同熊掌，不能同时得到。我不要熊掌，还是做近于吃鱼的写信吧。这信再过三四点钟就可发出，我高兴得很。记得从前为你寄快信时，那时心情真有说不出的紧处，可怜的事，这已成为过去了。现在我不怕你从我这种信中挑眼儿了，我需要你从这些无头无绪的信上，找出些我不必说的话……

我已快到地了，假若这时节是我们两个人，一同上岸去，一同进街且一同去找人，那多有趣味！我一到地见到了有点亲戚关系的人，他们第一句话，必问及你！我真想凡是有人问到你，就答复他们："在口袋里！"

三三，我因为天气太好了一点，故站在船后舱看了许久水，我心中忽然好像彻悟了一些，同时又好像从这条河中得到了许多智慧。三三，的的确确，得到了许多智慧，不是知识。我轻轻地叹息了好些次。山头夕阳极感动我，水底各色圆石也极感动我，我心中似乎毫无什么渣滓，透明烛照，对河水，对夕阳，对拉船人同船，皆那么爱着，十分温暖地爱着！我们平时不是读历史吗？一本历史书除了告我们些另一时代最笨的人相斫相杀以外有些什么？但真的历史却是一条河。那日夜长流千古不变的水里石头和砂子，腐了的草木，破烂的船板，使我触着平时我们所疏忽了若干年代若干人类的哀乐！我看到小小渔船，载了它的黑色鸬鹚向下流缓缓划去，看到石滩上拉船人的姿势，我皆异常感动且异常爱他们。我先前一时不还提到过这些人可怜的生，无所为的生吗？不，三三，我错了。这些人不需我们来可怜，我们应当来尊敬来爱。他们那么庄严忠实的生，却在自然上各担负自己那份命运，为自己，为儿女而活下去。不管怎么样活，却从不逃避为了活而应有的一切努力。他们在他们那份习惯生活里、命运里，也依然是哭、笑、吃、喝，对于寒暑的来临，更感觉到这四时交递的严重。三三，我不知为什么，我感动得很！我希望活得长一点，同时把生活完全发展到我自己这份工作上来。我会用我自己的力量，为所谓人生，解释得比任何人皆庄严些与透入些！三三，我看久了水，从水里的石头得到一点平时好像不能得到的东西，对于人生，对于爱憎，仿佛全然与人不同了。我觉得惆怅得很，我总像看得太深太远，对于我自己，便成为受难者了。这时节我软弱得很，因为我爱了世界，爱了人类。三三，倘若我们这时正是两人同在一处，你瞧我眼睛湿到什么样子！

　　三三，船已到关上了，我半点钟就会上岸的。今晚上我恐怕无时间写信了，我们当说声再见！三三，请把这信用你那体面温和眼睛多吻几次！我明天若上行，会把信留到浦市发出的。

二哥
一月十八下午四点半

这里全是船了！

泸溪黄昏[①]

十九下午七时

我似乎说过泸溪的坏话,泸溪自己却将为三三说句好话了。这黄昏,真是动人的黄昏!我的小船停泊处,是离城还有一里三分之一地方,这城恰当日落处,故这时城墙同城楼明明朗朗的轮廓,为夕阳落处的黄天衬出。满河是橹歌浮着!沿岸全是人说话的声音,黄昏里人皆只剩下一个影子,船只也只剩个影子,长堤岸上只见一堆一堆人影子移动,炒

[①] 此信写于1934年1月19日,收入《湘行书简》。

菜落锅的声音与小孩哭声杂然并陈,城中忽然当的一声小锣,唉,好一个圣境!

我明天这时,必已早抵浦市了的。我还得在小船上睡那么一夜,廿一则在小客店过夜,如《月下小景》一书中所写的小旅店,廿二就在家中过夜了……

明天就到廿了,日子说快也快,说慢又慢。我今天同昨天在路上已看到许多白塔,许多河边石上捶衣的妇人,而且还看到河边悬崖洞中的房屋,以及架空的碾子。三三,我已到了"柏子"的小河,而且快要走到"翠翠"的家乡了!日中太阳既好,景致又复柔和不少,我念你的心也由热情而变成温柔的爱。我心中尽喊着你,有上万句话,有无数的字眼儿,一大堆微笑,一大堆吻,皆为你而储蓄在心上!我到家中见到一切人时,我一定因为想念着你,问答之间将有些痴话使人不能了解。也许别人问我:"你在北京好!"我会说:"我三三脸黑黑的,所以北京也很好!"不是这么说也还会有别的话可说,总而言之则免不了授人一点点开玩笑的机会。母亲年老了,这老人家看到我有那么一个乖而温柔的三三,同时若让这老人家知道我们如何要好,她还会更高兴的。我在辰州时,云六说:"妈还说'晓得从文怎么样就会选到一个屋里人?同他一样的既不成,同他两样的,更不好。'可是如今可来了,好了,原来也还有既不同样也不异样的人!"家中人看到我们很好,他们的快乐是你想不出的。他们皆很爱你,你却还不曾见过他们!

三三,昨天晚上同今晚上星子新月皆很美,在船上看天空尤可观,我不管冻到什么样子,还是看了许久星子。你若今夜或每夜皆看到天上那颗大星子,我们就可以从这一粒星子的微光上,仿佛更近了一些。因为每夜这一粒星子,必有一时同你眼睛一样,被我瞅着不旁瞬的。三三,在你那方面,这星子也将成为我的眼睛的!

你的二哥
十九下九时

北　平[①]

三姐：

你和巴金昨天说的话，在这时（半夜里）从一片音乐声中重新浸到我生命里，它起了作用。你说："你若能参军，我这里和孩子在一起，再困难也会支持下去。"我温习到十六年来我们的过去，以及这半年中的自毁，与由疯狂失常得来的一切，忽然像醒了的人一样，也正是我一再向你预许的一样，在把一只大而且旧的船做掉头努力，扭过来了。音乐帮助了我。说这个，也只有你明白而且相信的！

---

① 此信写于1949年9月20日。

我似乎明白了一点,也从那一切学习了更深的人生,要有个新的决定,待和你来商量了。我要照你所希望去为"人"做点事情。目下说来也许还近于一时兴奋,但大体上已看出是正常的理性回复。正如久在高热狂乱中的病人,要求过分的工作,和拒绝一切的善意提议,都因为是还在病中,才如此,这时节却忽然心中十分柔和,十分柔和,看什么都极柔和。这里正有你一切过去印象的回复。三姐,我想我在逐渐变了。你可不用担心,我已通过了一种大困难,变得真正柔和得很,善良得很。

　　我看了看我写的《湘西》,上面批评到家乡人弱点,都恰恰如批评自己。想起昨天巴金萧乾说的,我过去在他们痛苦时,劝他们的话语,怎么自己倒不会享用?许多朋友都得到过我的鼓励,怎么自己反而不能自励?我似乎第一次新发现了自己。写了个分行小感想①,纪念这个生命回复的种种。我已觉得走了好一段路,得停停了。我常告你的话,你不相信,这么一来,你会明白我说的意义了。一只直航而前的船,太旧了,掉头是相当吃力的!

　　有个十分离奇情形,即一切书本上的真理,和一切充满明知和善意的语言,总不容易直接浸入我头脑中。压迫和冷漠,也不能完全征服我。我曾十分严格地自我检讨分析,有

---

　　① 指9月中旬所写的抒情长诗《从悲多汶乐曲所得》,该诗未发表过。

进有退,终难把自己忘掉,尤其是不能把自己意见或成见忘掉。可是真正弱点是一和好音乐对面,我即得完全投降认输。它是唯一用过程来说教,而不以是非说教的改造人的工程师。一到音乐中,我就十分善良,完全和孩子们一样,整个变了。我似乎是从无数回无数种音乐中支持了自己,改造了自己,而又在当前从一个长长乐曲中新生了的。

我一定要使你愉快,如果是可能的,我要请求南下或向东北走去。

人不易知人,我从半年中身受即可见出。但我却从这个现实教育中,知道了更多"人"。大家说向"人民靠拢",从表面看,我似乎是个唯一游离分子,事实上倒像是唯一在从人很深刻地取得教育,也即从"不同"点上深深理解了人的不同和相似。你若不信,大致到我笔能回复时,即可一一写出来。我实在应当迎接现实,从群的向前中而上前。因为认识他们,也即可在另一时保留下一些在发展中的人和社会,——重现到文字中,保留到文字中。这工作必然比清理工艺史还对我更相宜,因为是目下活人所需,也是明天活人要知道的。就通泛看法说,或反而以为是自己已站立不住,方如此靠拢人群。我站得住,我曾清算了我自己,孤立下去,直至于僵仆,也还站得住。可是我已明白当前不是自己要做英雄或糊涂汉时代。我乐意学一学群,明白群在如何变,如何改造自己,也如何改造社会,再来就个人理解到的叙述出来。我在学做人，从在生长中的社会人群学习，要跑出午门灰扑扑的仓库，向人多处走了。我已起始在动，一种完全自发的动。这第一步路自然还是并不容易迈步，因为我已实在受了伤，你不明白，致我于此的社会因子也不会明白。我的动，是在成全一些人，成全一种久在误解中存在和发展的情绪，而加以解除的努力。

我要从动中将一切关系重造。人并不容易知人。十余年来我即和你提到音乐对我施行的教育极离奇，你明白，你理解。明白和理解的还只是一小部分。可不知更深意义，即提示我的单纯，统一我复杂矛盾而归于单纯，谧静而回复本性。忘我而又得回一个更近于本来的我。或许它做成的，还是一种疯狂，提高自大和自卑作成暂时的综合或调和，得到的一种状态。但是，它有用处，因为它是自我检讨和分析所永远得不到的总结，而音乐却为清理出了个头绪。

三三，你理解到这一点时，我们就一同新生了。

我需要有这种理解。它是支持我向上的梯子，椅子，以及一切力量的源泉。

二哥从文
卅八年九月廿午夜

苏　州[①]

十月廿四日晚上

三三，夜已极静。

今天小五哥已和我到一苏州著名皮鞋店买成黑色皮鞋一双，价目是我有生以来所购最贵的一双鞋子。计十六元五角，一只已达八元二角五！又另买布毯二床，因选来挑去，还只此二种好看，是尊重他艺术眼光挑定的。已托他另寄北京。

---

① 此信写于1956年10月24日。

我们约定今天看虎丘塔和园子。早上先到逸园，吃早上东西，再坐马车到虎丘。虎丘可看的是大塔，已歪斜，闻文管会正筹备保护工作。照我们看来，下部裂痕明显，基础已不稳固，塔已斜，又过重，再经二三雨季，恐怕会有问题，千年名迹将成瓦砾一堆。命运将和雷峰相似。塔各处都已太旧，惟红白斑驳耸立于蓝天白云背景中，非常美观。上面飞鹰盘旋，八哥鸟成群鸣噪，这种景象恐不易再得！虎丘房子经加修整，已成苏州新名胜区，小街上生意比呈贡还好得多，馆子且比北京一些馆子还好。闻星期日热闹如赶街子，学生结队到来总不易结队回去，可想见游人之多！虎丘附近五里全是花房，田地全是一盆盆木兰、玳玳和茉莉，河码头运花船只，可连数十大箩筐木兰花，每筐计四十斤，运到一茶厂去熏茶。我们就眼看到一大船木兰花运去。闻小五哥说，花盛开时全码头边都是花筐，等待运输，船来时争取时间以分秒计，来即过船，十分热闹。现在已是淡季，每天不过若干船而已。庙门边卖花三分一扎，还用个小小稻心草笼笼装定，极其有趣。到虎丘高处四望，只见一片平芜，远近十里全是一簇簇花房，白墙黑瓦，南向部分则满是玻窗，目下各种花草还在秋阳下郁郁青青如图案，入冬即迁入花房过冬。花农收入极好，从万千座新房子就反映得十分清楚，从河街各种做生意铺子的情况也可明白。这完全是一种新景致，可惜永玉不来，来时必可用水彩或粉笔画收入画中。这是在一大片绿色平原上,加上各种黑白方块拼嵌入各处空间而成的。三个颜色的对照和完全和谐,真是一种稀有的奇迹!还有那条从太湖流出贯通绿原的河水,水中千百个风帆移动,真是奇迹!一切都好得很!天气又恰到好处,任何地方一点灰尘没有。小五哥说:"三姐能来住一星期多好!"这个话,随后到留园看竹林子时又说起,第三次是在西园新修理的水池旁说的。

就修整艺术说,留园最有匠心。同是用石头隔成,留园用石不多,因此一切见得舒畅,花树虽不如狮子林,却比狮子林有气魄。窗格子家具也比拙政园讲究。狮子林、拙政园、逸园各个厅室都放满了硬木家具,都是从近代新地主家弄来的,笨笨呆呆,和一般暴发户样子。并且到处有什么亭、轩雅名,一个二丈见方盒子式房子,只因为外边有一点竹子和梧桐,就名"凤栖碧梧之轩"。一个水塘塘养了三五只鸳鸯,就取名"三十六鸳鸯之馆"。总之雅得极其俗气,和《儒林外史》所讽的名士之流情形相差不多。门板上到处刻花鸟画,到处题诗,也不怎么高明。挂的字画屏条,都平平常常,只能满足作者本人,唬外人,可不能骗真正行家。好在行家也并不怎么多,所以还是好!留园各处匾额已失去,即未再补,家具也比较好,画也稍好,最好是一些玻璃宫灯,边上流苏穿浅绿淡蓝料珠做成,极其清雅。庭院中木石外总有点点空间,处理得有艺术。窗棂格子疏疏朗朗,不过于堆砌，视线开展不受石头限制。应当算是苏州目前较好的园子，空间多，新的中国花草可补进空隙，因此也是最有前途的花园。不幸是每到一处，还依旧有那个漆成绿色，又不得用又不好看的艺术设计垃圾箱，总在最当眼处出现。大致设计的还很满意自己的有创造性艺术，却不知那是最不艺术的创作！一边是痰盂一边垃圾箱，还编了号！西园大树很好看，只不过气候还未到降霜时，因此枫木银杏叶子都还绿油油的，红不过来。在虎丘河街上铺子里我们吃了中饭，从留园入城时已断黑，因就观前一个什么经济食堂吃晚饭。虽走了整整一天，行止支配得法，还不觉得怎么累。

你来信说的施蛰存处款，待我回来为处理。再有三天我们将过上海，住处还未定。如有重要信可寄上海作协巴金收，我信附人内里，请他收下我去取，外不必写我姓名。这信寄到北京时，我们可能已到上海了。这次所学对编图谱极有用，对整个陈列和工艺史研究都得用。很多东西还从未发现，即这里发现的人也还不明白它的重要性。有些新出土的如方格漆盒且完全如过去我所推测，证实了有些陶器实为仿漆器而作。又有些新东西可以证历史文献。又有些更为我们研究宋人绘画、服装等提供了崭新而十分重要材料。还有一片稀见大锦缎。照初步估计，将来恐还得用二月时间来照相，因为有二百三百器物恐非得照相不可也。

这几天气候正是下半年最好的，我们走了不少的路，也不觉得怎么热,更不感到累。我们明天还得看陈列,后天看库房,大后天看刺绣织绒,若一切能照时间安排,礼拜一大致即到上海了。苏州郊外比城中好。特别是虎丘的万千花农经营的绿原和花房,照晒在明朗朗秋阳下,真是一种稀有的好看景象!听说各花做成的香精,出国也极得好评。一切还在发展中。虎丘山门山塘街到处有生熟菱角出卖,还和龙街子云南乡下人出售慈菇一样,是蹲在路旁放在竹篮中出售的。买东西的人也得蹲下挑选。河中船只多极。入城交通工具计四种:马车、三轮、人力车、船。马车最快,船最好玩,我们却乘三轮,为了到西园方便。

阜外医院[①]

三姐：

你把刀也带回去了，这里只好连皮吃苹果。今早听《游园惊梦》极好，不是李淑君即是杜近芳或言慧珠，不妨买一面密纹片过年。血压已降至150/90，看情形已到最低数，能巩固即不错了。其实能长保170/100已不错。

《战争与和平》极好，也译得好。看三册火焚莫斯科，不过用一章文字写，却十分生动。不过从彼尔眼中看去，却极感人。写法兵抢劫，也不过用一页文字，写枪毙平民，不

[①] 此信写于1961年2月2日。

过五个人，可是却十分深刻。真是大手笔。写决定放弃莫斯科的一次军事会议，却只从一个六岁女孩眼中看到一个穿军服的，和一个穿长袍的争吵，又有趣又生动，真是伟大创造的心！写战争也是文字并不怎么多，不到二三千字，却全局开展，景象在目，如千军万马在活动。都值得从事文学的好好学习！我们《红旗飘飘》文章有的是不同动人事件，可是很多却写得并不动人，且多相同，重点放在战斗过程上，表现方法又彼此受影响，十分近似——不会写！还是要学会它。你们做编辑的，事实也应分多学一些，把这个本领学好些，则随处可望点铁成金，草草数笔，即眉目生动。一般说，还是不够重视这一表现问题。也不怎么认真十分用十九世纪作品，和五四以来部分作品做参考对象，来有计划学习学习。如能仔细认真读一百种书，真的用一年时间来共同读一百本书，结果你们必然会觉得工作便利得多！对作者帮助也大得多！有些描写方法，安排，组织，表现技巧，乍看作者总是不太费力，却有极好效果。写景也是并不怎么着力，不必特别渲染，只是把当场应有的情形略略涂抹。又在极大事件、伟大人物描写上，常常作些比拟形容，似乎不甚庄重，可是结果却生意盎然，充满生命，转近自然。总之，一个善于学习的人，即可以学得许多东西，不善于学习，只呆记住什么人评论托或其他的思想意识，必须注意的具体长处学不到，概括的唯有教授写论文编讲义才用得上的论断，却记得特别多，结果是毫无用处，没有丝毫帮助。等于要王嫂记"营养学"，某种菜有多少"维他命"什么什么，去协和医院学炒菜配料，毫无用处。事实她应当到的却是"萃华楼大厨房"，那里有具体手艺，正是她所要知道的。你们也应当直接学多些。

　　礼拜天要小虎和朝慧来看看我也好（天气太冷就不用来），带小瓶橘子水来。医生今天说要吃，内中有钾，可解除盐问题。头这几天又不大好，不知何故，血压并未上升，食量却在减。腰有点不怎么。十二点还睡不着，也许是卧功半小时把精神回复过来？左臂大致还得换一种疗法。这里吃的有时贵些，数目不一定，平均总是一元多点一天。这里有本左拉《萌芽》，好大一本，或许会看完它。完全用学习的态度来看，还是新的经验，可得到许多知识，特别是表现方法，极有用。写人写事方法，有用。如能有时间把屠、契、佛……什么什么十九世纪的大手笔全看看，主要的看看，还是有意义。

二哥

编辑附记

本套"名家散文珍藏"丛书收入现当代文学名家的散文经典。

为了方便读者阅读,同时兼顾原作风貌,我们在编辑过程中,适当修改了明显的排印错误和个别容易造成理解混乱的字词及标点符号。对于体现作家鲜明创作个性的字词和反映当时行文习惯的标点符号予以保留。

图书在版编目(CIP)数据

沈从文散文 / 沈从文著. —杭州:浙江文艺出版社,2019.9
(名家散文珍藏)
ISBN 978-7-5339-5801-5

Ⅰ.①沈… Ⅱ.①沈… Ⅲ.①散文集—中国—现代 Ⅳ.①I266

中国版本图书馆CIP数据核字(2019)第184652号

责任编辑　邓东山
文字编辑　丁　辉
装帧设计　观止堂_未氓
责任印制　张丽敏

沈从文散文
SHEN CONGWEN SANWEN

沈从文　著

出版	浙江文艺出版社
网址	www.zjwycbs.cn
经销	浙江省新华书店集团有限公司
制版	杭州天一图文制作有限公司
印刷	浙江新华数码印务有限公司
开本	850毫米×1168毫米　1/32
字数	146千字
印张	8
插页	5
印数	0001-6000
版次	2019年9月第1版
印次	2019年9月第1次印刷
书号	ISBN 978-7-5339-5801-5
定价	**42.00元**

版权所有　违者必究
(如有印、装质量问题,请寄承印单位调换)